MARIO PRATA

Minhas tudo

A família da
gente, muitas
vezes, não é lá
essas coisas, mas,
para a morte,
é o que a gente
[illegible] rto. Esse
[illegible] ário não
[illegible] a mentir.
Aliás, ele tá mais
pra ouro que
pra prata, mas
fazer o quê?
Feliz Aniversário,
Rachel...(:*)²
(André e Luisa) ... em família!

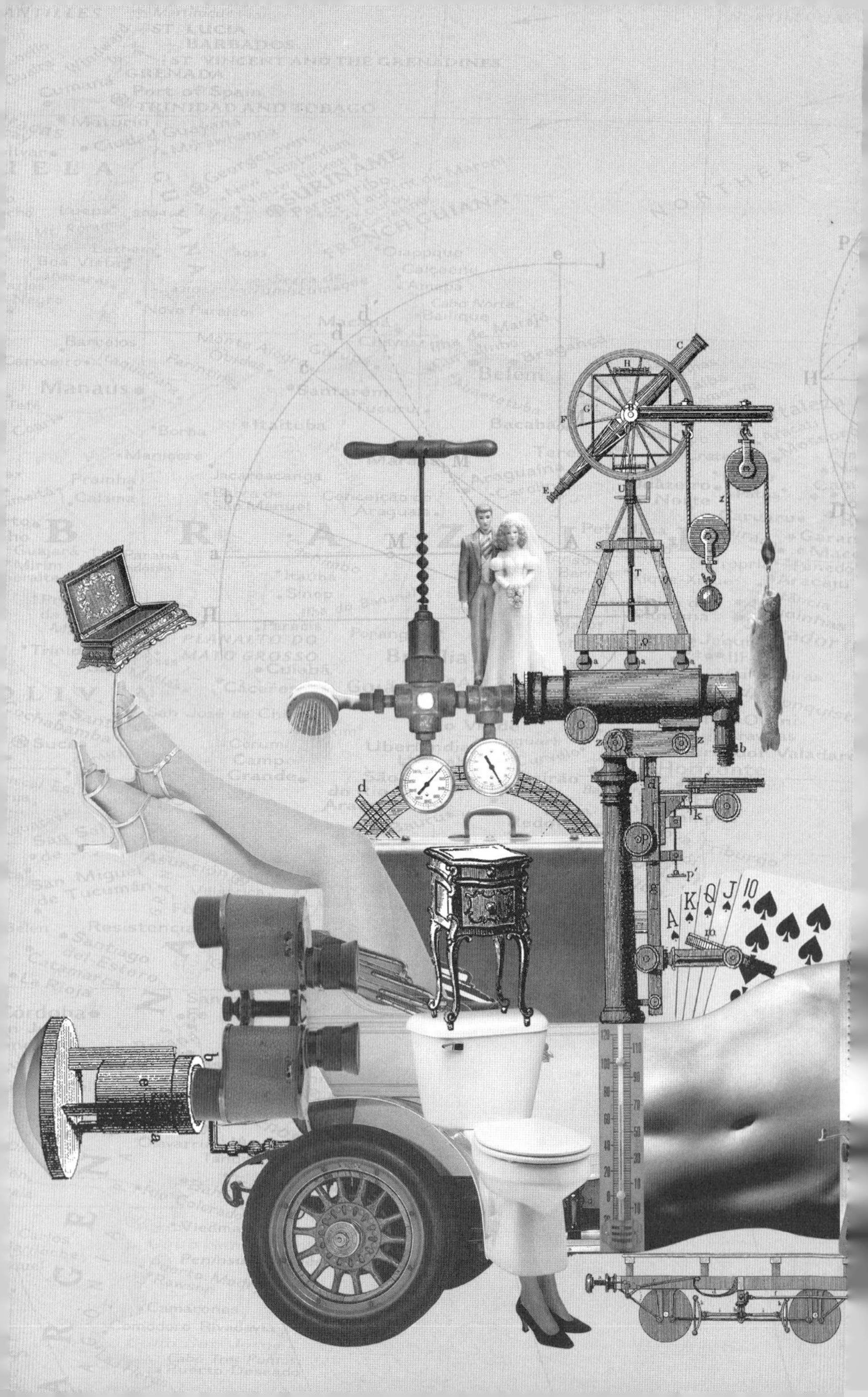

ST LUCIA
BARBADOS
ST VINCENT AND THE GRENADINES
GRENADA
Port of Spain
TRINIDAD AND TOBAGO
SURINAME
FRENCH GUIANA
NORTHEAST
Manaus
Belém

MARIO PRATA

Minhas tudo

Incluindo sexo, drogas
e rock and roll.
E umas mulheres peladas

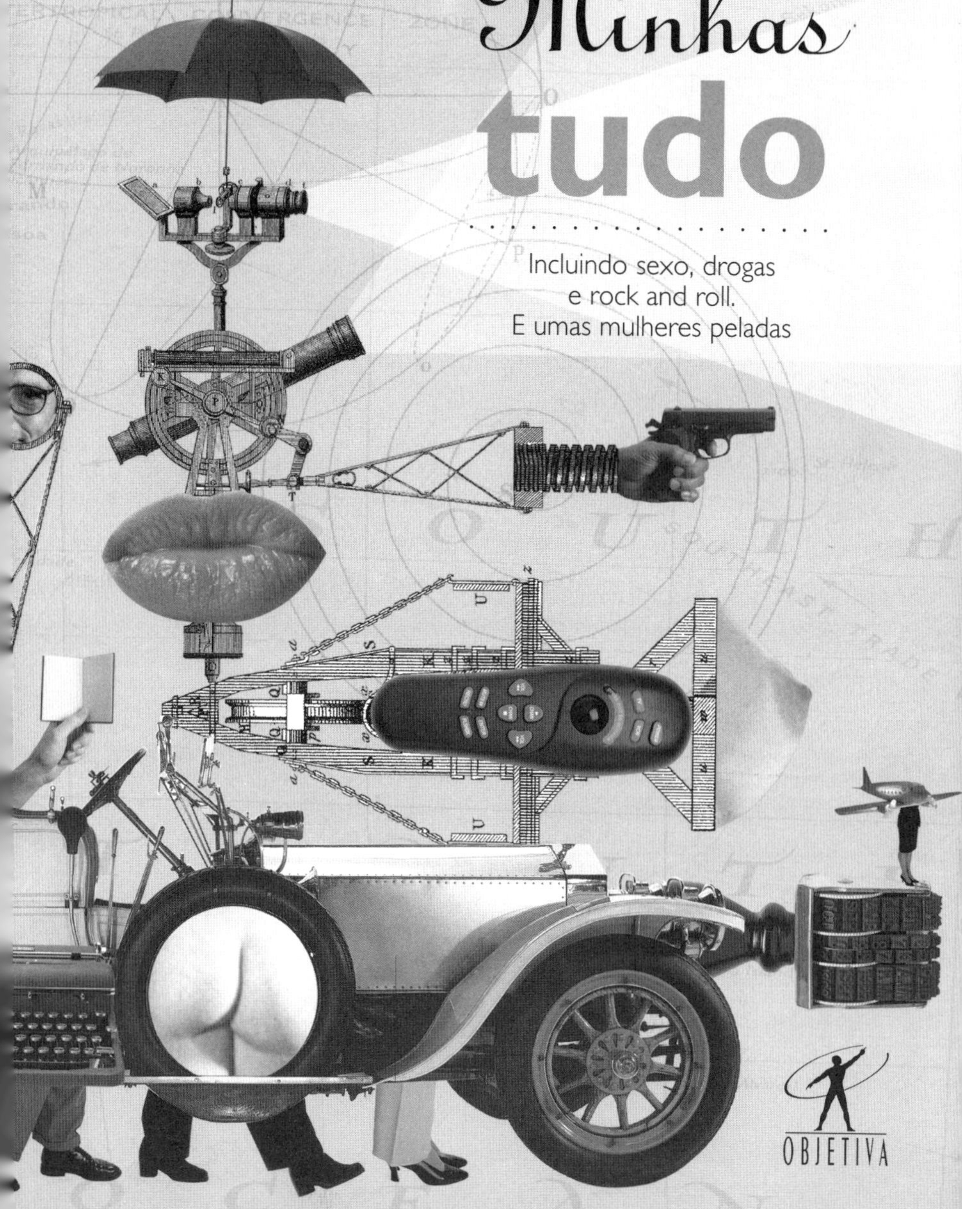

OBJETIVA

EDITORA OBJETIVA LTDA.
rua Cosme Velho, 103
Rio de Janeiro, RJ - CEP 22241-090
Tel.: (21) 556-7824 – Fax: (21) 556-3322
www.objetiva.com.br

capa, projeto gráfico e ilustrações
SILVANA MATTIEVICH

editoração
FA EDITORAÇÃO ELETRÔNICA

revisão
TEREZA DA ROCHA
NEUZA PEÇANHA

2001

P912m
Prata, Mario
Minhas tudo / Mario Prata. - Rio de Janeiro : Objetiva, 2001

179 p. ISBN 85-7302-373-2

1. Literatura brasileira - Crônicas pessoais. II. Título

CDD B869.4

participações especiais

Aderbal Freire-Filho, Adriana Oddi, Adriane Galisteu, Alberto Prata Junior, Altamiro Ribeiro, Angela Marques da Costa, Anna de Paiva, Annette S., Antonio Campos Rocha, Antonio Prata, As Papudinhas e seus Maridos Maravilhosos, Aurélio Buarque de Hollanda, Babi, Benedito Ruy Barbosa, Bia Braga, Bóris Casoy, Cacá Rosset, Caetano Veloso, Caio Fernando de Abreu, Caio Matarazzo, Carla Perez, Carlinhos Teixeira, Carlos Heitor Cony, Carlos Lacerda, Cazuza, Celso Pitta, Chico Buarque, Chico Milan, Chris Bonna, Clara Gueller Benfatti, Costa e Silva, Dênio Benfatti, Dias Gomes, Dídia Prata, Dona Felicidade, Dora Garcia Moraes, Émerson Kapaz, Enéas, Fefa Fischer, Fernando Henrique Cardoso, Fernando Morais, Flávio Império, Francisco Ramalho Filho, Frei Betto, Germano de Almeida, Gorette, Henfil, Hugo Prata Filho, Isabella Antunes, Jair Mari, Jânio Quadros, Jô Soares, João Figueiredo, João Ubaldo Ribeiro, Joaquim De Francesco Strelow, Jorge Benjor, Jorge Caldeira, Julio Matarazzo, Leila Diniz, Leo Gilson Ribeiro, Leonardo Ramos, Lila Matarazzo, Lucas Shirts, Luciana De Francesco, Lucila Volasco, Luis Fernando Verissimo, Mãe Cota, Mamonas Assassinas, Maria da Glória Lopes, Maria Manoella Teixeira, Maria Prata, Maria Shirts, Mario Quintana, Marjorie Gueller, Marta Garcia, Marta Góes, Mateus Shirts, Mauro Mendonça, Noel Rosa, Norival Rizzo, Núbia de Oliveira, Pai Tonico, Patrícia França, Paulo Maluf, Paulo Sousa, Pelé, Reinaldo Moraes, Renata Kupy, Rita Barbosa, Rita Lee, Roberto Carlos, Ronaldo Cunha Campos, Rosamaria Murtinho, Ruth Prata, Sergio Antunes, Sérgio Junqueira, Sonia Braga, Sylvia Campolim, Luiz Tenório de Oliveira Lima, Tom Jobim, Toquinho, Vera Fischer, Vicente S. Moreno Lima, Vinícius de Morais, Vó Maria, Walminho, Walter Arruda, Wanderley Luxemburgo, Zé Celso, Zélio Alves Pinto.

Além dos Beatles e das trinta mulheres do Frank Sinatra.

Meu
Pratas

Creio que o primeiro contato foi com o **colchão**. Não deitei nele, só olhei de longe. Chamava a atenção no apartamento quase vazio. Confesso que tive uma certa pena. O dono estava bem magrinho, e a proposta era meio inusitada, feita em nosso primeiro contato imediato de terceiro grau. Foi em fevereiro de 1982. Não dava para esquecer. Tinha acabado de ser pai, estava tentando entender como era a vida com família. Ele bateu na porta, se apresentou como um novo vizinho, contou a história: estava saindo da vida de família, recém-separado. Sabe como é este problema. Aí entrou no assunto. Precisava almoçar, queria almoçar na minha casa. Pagaria pensão.

Claro que não seria uma relação comercial, embora fosse um freguês lucrativo. Pagava em dia e comia pouco, muito pouco. Uma saladinha, um belisco na mistura, e olhe lá. Mas em todo caso a relação formal do pagamento, que fazia questão de manter, mal encobria um certo **homoternurismo** nascente. O Prata é o que se pode chamar de um pai extremoso, e dava dó ver ele longe dos **filhos**. Mais ainda quando ele olhava para a recém-nascida Violeta. Ensinou a mim e a Cynthia, que fazia **tese**, como lidar com as cólicas, colocava a menina para dormir.

Logo colocou também numa história infantil que escreveu, o que me leva diretamente a outro assunto. Parece fácil colocar os detalhes da vida por escrito. Mas só parece. Pois então me lembro de uma **confissão** do Cláudio Santoro, um dos maiores músicos eruditos do Brasil. Madrugada nevoenta num restaurante de hotel. Ele falava de seu trivial: o grande respeito com que era recebido na Alemanha e a relativa ignorância de sua obra no Brasil. Então confessou: "Quer saber? Está certo. Há quarenta anos eu briguei com o Villa Lobos. Sabe, ele estava fazendo arranjos de cantigas de ninar, Nana nenê, essas coisas. Achava aquilo uma bobagem, coisa fácil, não era compor. Mas hoje eu sei que o difícil, difícil mesmo, era perceber que importante era fazer aquilo. Dele todo mundo lembra."

Quando você, caro leitor, estiver se deliciando com a descrição do conteúdo da **carteira** do Mario Prata, aproveite para fazer seu balanço. Não está nela alguma coisa que pertence a você? Mas esta carteira é feita de palavras, palavras que prendem o olho à **letra**, a letra à memória pessoal, o leitor ao autor. Tudo isto no espaço de um curto texto. Tão divertido quanto fazer **palavras cruzadas** ou tirar **casquinha**. Cola na gente como a música de Villa Lobos, com prazer.

Tudo isso ajuda a passar bem o dia e o tempo, mas também torna mais difícil perceber uma coisa. Mario Prata é um mestre da língua, da frase rápida. Entra no assunto como entrou em minha casa, inusitado e muito à vontade. Passeia pelo **corpo** ou o **controle remoto** como se tivesse um **mapa** de nossas emoções mais corriqueiras, aquelas que a gente sente muito e liga pouco. Só consegue fazer isso porque controla totalmente o que sai de seu teclado. Para isso, não usa o **livro** de maneira usual. Mistura Dostoievski com multa de trânsito como se fosse a coisa mais natural do mundo – e ainda tira uma seda do papel para embrulhar mais um barato. Enfim, escreve muito e não parece literato.

Com o tempo de convivência, aprendi a admirar o grande escritor Mario Prata. E daí? Melhor fazer logo a **confissão**. Tenho inveja. Assim dispenso você, caro leitor, de meus maus sentimentos para deixá-lo com o prazer de ler o objeto deste prefácio.

Jorge Caldeira

ST. LUCIA
BARBADOS
ST. VINCENT AND THE GRENADINES
GRENADA
Port of Spain
TRINIDAD AND TOBAGO
SURINAME
FRENCH GUIANA
NORTHEAST
Manaus
Belém
PLANALTO DO MATO GROSSO
Cuiabá
San Miguel de Tucumán
Santiago del Estero
Catamarca
Córdoba

Minhas tudo

Ciudad Bolívar
Bogotá
COLOMBIA
Manaus

Minhas livro

Reunião de folhas ou cadernos, cosidos ou por qualquer outra forma presos por um dos lados, e enfeixados ou montados em capa flexível ou rígida.

Este livro teve a sua composição iniciada no primeiro dia do mês de julho de mil novecentos e sessenta e três e acabou de imprimir-se em São Paulo, nas oficinas da Impres Cia. Brasileira de Impressão e Propaganda, aos vinte dias do mês de fevereiro de mil novecentos e sessenta e quatro. O papel foi especialmente fabricado pela Indústria de Papel Leon Feffer, de São Paulo.

É o que está escrito na última página do meu manuseado e nunca lido *Obras Completas de Dostoievski,* Volume Quatro. O livro tem, portanto, 37 anos. E, desde que eu me lembre, me acompanha. Outro dia, vendo o danado lá na minha mesa, a minha irmã Ruth me garantiu que foi presente dela nos meus 18 anos, completados no dia 11 de fevereiro de 64. Não me lembro. Pode ser. A Ruth não costuma mentir.

Um dos romances do volume é *Os Irmãos Karamasov* que eu venho ameaçando ler há 37 anos. E, para tanto e tantas páginas, venho carregando o livro para cima e para baixo. É um livro viajadíssimo, posso garantir. Que eu me lembre, já esteve comigo na Alemanha em 78. Em Cuba, em 89. Ficou dois anos comigo em Lisboa e Cascais. Já assistiu a duas Copas do Mundo (São Francisco e Paris) e algumas copas América. Para Montevidéu, pelo menos cinco vezes. E já esteve na África duas vezes. Em 90 e 91. E eu ainda não sei qual era o bode dos irmãos russos.

O livro ainda se mantém em pé, como convém aos bons livros. Capa dura. Por falar em capa, o dourado do título está muito mais para bronze. E o couro está muito puído. Aquela tirinha para marcar as páginas, azul, está com a ponta que dá dó. Desfolhada, literalmente.

O tal do papel especial com que foi confeccionado é fininho, quase uma sedinha. E talvez por isso mesmo, pela qualidade sedal, as duas primeiras páginas foram fumadas ao longo desses anos. Em toda página onde havia algum espaço maiorzinho, percebe-se que uma tesoura andou por ali, retirando nacos retangulares. Não li, mas fumei Dostoievski. Se você me perguntar quando é que ele foi fumado, eu diria que entre 82 e 86.

A última página tem uns números de telefones anotados. Tem uma tal de Dora, cujo número era (20 anos atrás) 22.8931. Duvido que, se eu ligar lá hoje, atenda alguma Dora. Mesmo porque não me lembro nunca de estar junto – ao mesmo tempo – com uma Dora e o Dosta. Sim, há muito tempo chamo esse meu parceiro de Dosta. Qualquer viagem um pouco mais longa e lá vai o Dosta comigo.

Numa página branca entre "O Adolescente" e "Os Irmãos", com a minha **letra**, está escrito: "o insólito deve ser combatido no momento exato de sua manifestação". Jamais saberemos se esta frase é minha, de alguém, ou mesmo do Dosta. Acho difícil que algum dia o nosso querido Fiódor tenha escrito algo tão insólito. E meio capenga. Deve ser minha, a frase.

Na página 778 encontro uma multa de trânsito. Fui pego pela polícia, vejo aqui, na Dutra, a 120 quilômetros por hora, num fusca. Isso foi em 1974. Pelo jeito, não paguei a dita. Mas me lembro bem deste fusquinha, branco. Comprei com os direitos autorais da minha primeira peça, *O Cordão Umbilical*.

Voltemos ao Dosta. Sei que um dia ainda vou ler *Os Irmãos Karamasov*. É uma daquelas coisas que a gente vai deixando de lado, vai deixando. Por exemplo, um filme que eu nunca vi: *E o Vento Levou...* Outro dia saí de casa decidido a resolver a lacuna. Comprei em DVD. Cheguei até a tirar da caixinha. Mas achei que não era o momento, ainda. Esse negócio de clássico tem que ter uma certa cerimônia. Há de se fazer uma preparação antes. Não pode ir vendo assim de supetão. Há de se criar um clima, um ambiente. No caso do filme, requer uma companhia. Feminina, se possível. Acho meio viado sentar-se com um homem para assistir – os dois sozinhos, ali – *E o Vento Levou...* Com homem a gente assiste bang-bang. E olha lá.

E, para encerrar, um papelzinho que está dentro dele. Quase não dá para ler mais, com a data de maio de 1969. Foi neste papelzinho que o crítico de literatura Leo Gilson Ribeiro escreveu o primeiro prefácio para um livro meu: *O Morto que Morreu de Rir*, mimeografado e vendido de bar em bar em 69.

Está escrito ali, com a letra dele: "Mario Alberto Prata cria personagens com a facilidade de um escritor experimentado."

Me lembro que guardei esse papelzinho dentro do Dosta para ver se um dia eu pegava a experiência do mestre russo. Negócio de osmose, sabe? O papelzinho está ali há 31 anos. E durante esse tempo todo ainda não consegui a tal da osmose. Quem sabe, se um dia eu ler esse romance, eu não consiga, finalmente, ser um escritor experimentado?

Quem sabe, eu chegue lá... Quem sabe alguém, daqui a 200 anos, vai me ler.

Ou, pelo menos, andar comigo debaixo do braço, me fumando de vez em quando?

Já é um consolo. Ou, se preferir, um barato!

Quem sabe...

– Já leu Mario Prata?

– Ler, não. Conheço de ouvido. Fumei a orelha dele!

Minhas letra

Cada um dos sinais gráficos elementares com que se representam os vocábulos na língua escrita.

Conta a história que dom Pedro II casou-se sem conhecer a sua noiva.

Tinha visto um quadro com a cara da princesa. Casamento de interesses políticos lá dos portugueses, fazer o quê? E quando a moça chegou no porto do Rio de Janeiro – consta – que ele fez uma cara emocionada. Pela feiúra da imperial donzela. Mas casou, era o destino, era a desdita.

Tenho um avô que foi pedir a mão da moça e o pai dela disse:

– Essa tá muito novinha. Leva aquela.

E ele levou aquela que viria a ser a minha avó. Ah, a outra morreu solteirona.

Quando aconteceu o grande boom da imigração japonesa, alguns anos depois, familiares que lá ficaram mandavam noivas para os que cá aportaram. Tudo no escuro. E de olhinhos fechados, ainda por cima.

De uns tempos para cá, o conceito da escolha foi mudando. Até ir para a cama antes, valia. Ficava-se antes.

Só que agora, comecinho do século, surgiu um outro tipo de casamento. O casamento de letras. Letras de textos. O texto – finalmente, digo eu, escritor – virou casamenteiro. Apaixona-se, hoje em dia, pelo texto. Via Internet. Via cabo, literalmente.

Conheço quatro casos bem próximos. Gente que desmanchou o casamento de carne e osso por uma aventura no mundo das letras.

Claro que estou me referindo aos encontros via Internet. Começa no chat, com o texto. Gostou do texto, leva para o reservado. E lá, rola. Eu mesmo já me envolvi perdidamente por dois textos belíssimos. Moças de vírgulas acentuadas, exclamações sensuais e risos de entortar qualquer coração letrado ou iletrado.

Sim, pela primeira vez nesta nossa humanidade já tão velhinha, as pessoas estão se conhecendo primeiramente pela palavra escrita. E lida, é claro.

Já disse, isso envaidece qualquer escritor. Agora, o texto pode levar ao amor. Uma espécie de amor-de-texto, amor-de-perdição.

A relação, o namoro, começa ali no monitor. Você pode passar algumas horas, dias e até semanas sem saber nada da outra pessoa. Só conhece o texto dela.

E é com o texto que vai se fazendo o charme. Você ainda não sabe se a pessoa é bonita ou feia, gorda ou magra, jovem ou velha. E, se não for esperto, nem se é homem ou mulher. Mas vai crescendo uma coisa dentro de você. Algo parecidíssimo com amor. Pelo texto. Com firma reconhecida num **cartório** de cérebros eletrônicos.

Pouco a pouco, você vai conhecendo os detalhes da pessoa. Idade, uma foto, a profissão, a cor. Inclusive onde mora. Sim, porque às vezes você está levando o maior lero com o texto amado e descobre que ele vem lá da Venezuela. Ou do Arroio Chuí. Mas se o texto for bom mesmo, se ele te encanta de fato e impresso, você vai em frente. Mesmo olhando para aquela fotografia – que deve ser a melhor que ela tinha para te escanear (ou seria sacanear?, me perdoando o trocadilho fácil) – você vai em frente. "Uma pessoa com um texto desses..."

A tudo isso o bom texto supera.

Quando eu ouvia um pai ou mãe dizendo "meu filho fica horas na Internet", todo preocupado, eu também ficava. Até que, por força do meu trabalho, comecei a navegar pela dita suja.

E descobri, muito feliz da vida, que nunca uma geração de jovens brasileiros leu e escreveu tanto na vida. Se ele fica seis horas por dia ali, ou ele está lendo ou escrevendo. E mais: conhecendo pessoas. E amando essas pessoas.

Jamais, em tempo algum, o brasileiro escreveu tanto. E se comunicou tanto. E leu tanto. E amou tanto.

No caso do amor ali nascido, a feiúra, o peso, a cor, a idade ou a nacionalidade não importam. O que é mais importante é o texto. O texto é a causa do amor.

Quando comecei a escrever um livro pela Internet, muitos colegas jornalistas me entrevistavam (sempre a mim e ao João Ubaldo) perguntando qual era o futuro da literatura pela Internet.

Naquela época eu não sabia responder a essa pergunta. Hoje eu sei e tenho certeza do que penso:

– Essa geração vai dar muitos e muitos escritores para o Brasil. E muita gente vai se apaixonar pelo texto e no texto.

Existe coisa melhor para um escritor do que concluir isso?

Como diria Shakespeare, palavras, palavras, palavras.

Como diria Pelé, love, love, love.

Minhas cartório

Lugar onde se registram e guardam cartas ou documentos importantes; arquivo.

Vender um carro não é tão difícil assim. O problema é que agora inventaram que a gente tem de ir ao cartório. Assinar lá aquele papelzinho e o sujeito reconhecer a firma da gente. Não adianta mandar ninguém. Tem de ser a gente.

Pois é. Vendi o meu carro e lá fui eu, na quarta passada, reconhecer a minha firma, palavra pomposa para a nossa humilde assinatura. Assinei na cara do sujeito e entreguei. Me pediu a carteira de identidade. Meu Deus, esqueci. Tento quebrar o galho.

– Sem a carteira de identidade não tem possibilidade.

– Meu amigo, está chovendo, foi uma luta estacionar o carro e...

– Impossível. O senhor não viu escrito ali?

Foi quando eu me lembrei do *Estadão* que estava debaixo do braço. Minha coluna, minha foto. Mostro para ele.

– Está vendo? Sou eu.

Olhou para a foto, olhou para mim.

– Reconheceu?

– É, reconheci. Mas, para reconhecer a firma, só com a identidade. É lei, olha a fila, meu senhor.

– Meu amigo, a carteira de identidade é para provar que eu sou eu, não é? Pois eu acabo de provar que eu sou eu. Ou não?

– Eu sei que o senhor é o senhor, mas não adianta. Olha a fila.

– Posso falar com o seu chefe?

– Não vai adiantar. É aquele. O de peruca. Seu Wilson.

Caminho na direção do seu Wilson. De longe, já começo a analisar a peruca dele. Peruca de homem, não sei por que, sempre me fascina. Me dá uma vontade quase incontrolável de arrancar, de fazer com que todo mundo em volta ria.

Vou olhando em volta. O cartório evoluiu muito. Agora está cheio de computadores. Tá "mudemo". Numa mesa a Dulce, a Dudu e o Ferreira (gripadíssimo) dominam o computador para, logo em seguida, bater o

carimbo. O carimbo! Céus, quando é que o burocrata vai livrar-se do carimbo? Fico olhando o trabalho da Dulce enquanto o da peruca atende uma senhora de laquê, muito nervosa. Conto: a Dulce bateu 93 vezes o carimbo em um minuto. Isso é que é funcionária! Mais ou menos uma e meia carimbada por segundo. Está noiva, a Dulce.

Seu Wilson era inteirinho cinza. Ia do cinza-claro do terno até o cinza-escuro da olheira. Seu Wilson estava conversando com a de laquê, me olhando de lado. Chega a minha vez. Ele:

– Conheço o senhor de algum lugar. O senhor já não foi no programa do Jô?

– Meu nome é Mario Prata e...

– Claro, do *Estadão*. Reconheci o senhor assim que vi o senhor entrando. Qual é o problema, Marinho?

Odeio que me chamem de Marinho. Mas como havia sido reconhecido, tudo bem.

– É o seguinte, seu Wilson. Vim reconhecer a assinatura da venda do carro e não trouxe a carteira de identidade e...

– Ih...

– Mas como o senhor me reconheceu, pode reconhecer também a minha assinatura.

– É, mas só que, pra reconhecer a assinatura, eu preciso da sua carteira de identidade. É uma questão legal.

– Legal, né?

Sentei.

– Seu Wilson, acompanhe o meu raciocínio.

– Pois não.

– O senhor precisa da minha carteira de identidade para ter certeza de que eu sou eu, não é isso?

– Exatamente, Marinho.

– Mario, por favor. Mario Alberto Campos de Morais Prata. Então, continuando, se o senhor sabe que eu sou eu, acho que a gente podia deixar a carteira de identidade pra lá.

– Veja, Mario Alberto (piorou!), quando o decreto saiu no *Diário Oficial*...

– Tudo bem, tudo bem. Mas me diga, seu Wilson: quem sou eu (aliás, uma pergunta que me tenho feito muito: quem sou eu)?

– O senhor é o Mario Prata.

– O senhor reconhece isso?

– O senhor está querendo me pegar, não é? Olha, Campos, agora não posso mais. O meu funcionário, entende? Eu não posso passar por cima dele, tirar a autoridade dele. Se o senhor tivesse me procurado antes, aí sim, talvez...,

Fiquei me segurando para não arrancar a peruca dele e colocar fogo. Estava com o isqueiro aceso. Acendi o cigarro, pensei no meu avô Mario que tinha cartório em Uberaba. Pensei em Jesus pensando nos pobres de espírito, pensei no Brasil, pensei na mãe do seu Wilson, pensei que eu não era mais eu.

Liguei para a Isabela, que ia comprar o meu carro.

– Isabela, desisti. Descobri que eu não existo, Isabela.

E fui para o divã do dr. Leonardo Ramos, que tem de carimbar a receita para que eu possa comprar Lexotan.

Minhas carimbo

Instrumento de metal, madeira ou borracha, etc., com que se marcam, a tinta, papéis de uso oficial ou particular; sinete, selo.

Até nas palavras cruzadas você bate com ele. Tá lá: símbolo máximo da burocracia. Sete letras. É ele: o carimbo.

Não sei quando surgiu o carimbo. Mas sei que nunca vai sumir das nossas vidas. Ele é intemporal. O mundo roda, (até) a lusitana gira, e o carimbo ali. Se na receita médica não tiver o carimbo, você morre. Não basta você ter câncer. Tem de ter o carimbo também. Não basta a dor de cabeça. Tem de ter mais dor de cabeça.

Sem ele você não é nada. Nada! Fui ao cartório. Estão modernos, cheios de computadores. Mas depois que a gordinha faz tudo com o computador, ele surge, incólume, colosso, no papel. A funcionária quase tem um orgasmo quando dá aquela porrada. O carimbo é superior ao computador. Ignora os tempos modernos. Fica na dele. E nos nossos papéis.

Tudo aquilo que o médico te disse não vale nada se ele não carimbar. O carimbo vale mais do que a assinatura dele. Vale mais do que os seis anos de faculdade e os 30 de experiência.

O carimbo deveria, portanto, ser de difícil acesso e confecção. Para se fazer um carimbo, deveria haver mil burocracias, tal a sua importância. Mas não. Ali mesmo, na esquina, você faz o carimbo que quiser, com os dizeres que pretender. Pode mandar fazer um carimbo da Presidência da República e sair por aí carimbando, baixando medidas provisórias e dizendo que está tudo bem. Pode fazer carimbos dizendo que o dólar vai baixar. Pode fazer carimbos de médicos, até mesmo de cartórios.

Se existe algum lugar no Brasil onde não existe nenhuma burocracia, é nas lojinhas que fazem carimbo. Ou seja, pra fazer um carimbo, você não precisa carimbar nada. Mesmo assim, não adianta:

– O senhor vai me desculpar, mas sem carimbo...

Outro dia, eu fiz um trabalho para uma agência de publicidade. Uma das mais criativas do País. Só tem gênio lá dentro. Isso, aliás, é uma redundância, pois é sabido que todo publicitário é gênio. Não tem publicitário mais ou menos. Todos, sem exceção, são gênios. Figurinhas carimbadas.

Mas o problema é que o meu cachê não saiu no dia que tinha de sair. Depois de uma semana, nada. Ligo para a diretora da agência.

– Sabe o que foi? Você esqueceu de colocar o carimbo da sua empresa no recibo.

Isso significava que eu tinha de fazer outro recibo, mandar levar lá, etc., etc., esperar cinco dias úteis, o meu papel passar por vários departamentos, receber vários carimbos e eu receber a grana. Como não tinha outro jeito, fiz o novo recibo, carimbadíssimo:

*

Recibo: Declaro que recebi a quantia de X (xis) reais da agência Z (zê) após mandar a minha empregada confeccionar um carimbo fajuto na esquina aqui de casa, de uma firma fajuta, de um endereço fajuto, na cidade de Vargem Grande Paulista, onde nunca estive e nunca carimbei. Carimbo ao custo de três reais e cinqüenta centavos, feito em sete minutos, pois, sem ele, não poderia, em hipótese alguma, receber a supramencionada quantia.

Carimbo este, símbolo máximo da honestidade burocrática ibérica, herança de nossos ancestrais portugueses, introduzido nessas bandas por meio do nosso primeiro documento, a carta de Caminha. É um **vírus** de 500 anos!

Tem um carimbo lá, sim senhora. Carimbo este que vale muito mais que os X (xis) reais, muito mais que os 40 anos do meu ofício, muito mais que o meu talento para beber e vender cerveja, que foi o que eu fiz para a agência. Carimbo este, carimbado com carinho para ser admirado pelos amigos e amigas da agência, a quem agradeço a oportunidade do trabalho e para quem coloco (eu e meu carimbo) à disposição para novas carimbadas em futuro a ser fixado e devidamente carimbado.

Com carinho, carimbo e afeto, modestamente carimbo.

Mario Prata (tarimbado e carimbado diretor da Ponto e Vírgula Produções Artísticas Ltda.).

Minhas vírus

Programa estranho ao sistema de computador capaz de copiar e instalar a si mesmo, ger. concebido para provocar efeitos nocivos ou estranhos à funcionalidade do sistema ou aos dados nele armazenados.

Assim como os computadores vão se modernizando a cada dia, os vírus que se infiltram neles, também. Estou com um vírus interessantíssimo no meu. Entrou no computador de mesa e no inocente notebook. Em geral os vírus entram para te aporrinhar a vida. São todos travessos e traquinas. Este meu, também. Só que ele é chato e falante. Sim, ele fala comigo, discute o meu trabalho, fica cansado, pede que eu dê um tempo. Tudo começou no dia em que eu estava escrevendo um texto e ele me perguntou:

Ele – Você tem certeza que quer salvar este documento?

Eu – Tenho.

Ele – Absoluta? Tá uma merda!

Eu – Olha aqui, cara, o computador é meu, eu salvo o que eu quiser.

Ele – É que você já escreveu uma crônica parecida para o *Estadão*, em maio de 95.

Eu – Como é que você sabe disso?

Ele – Está na memória. Quer ver?

Eu – Não, não precisa, não. Eu me lembro.

Ele – Se quiser, eu salvo. Mas não te aconselho. Por que você não escreve um texto dizendo que sua filha Maria chegou segunda-feira no vôo 2245 da British, de Londres?

Eu – Como é que você sabe disso?

Ele – Você se esqueceu dos inúmeros e-mails que trocaram nas últimas semanas? Você jogou tudo no trash, mas está lá. Quer ver?

Eu – Não, deixa para lá.

Ele – E o fax para a Secretaria da Cultura que o Zélio te pediu?

Eu – Já mandei.

Ele – Mas não chegou. Deu error. Pode ver nos arquivos. Outra coisa, você não acha que está entrando muito no programa Gostosas?

Eu – Isso quem faz é o meu filho.

Ele – Por falar nisso, ele está escrevendo muito melhor do que você.

Eu – Eu preferia não discutir isso. Você não tem o direito de analisar os nossos trabalhos.

Ele – Claro que tenho. Se eu quiser, eu apago tudo da memória rígida. A sua parte.

Eu – Por favor, não seja tão rígido assim.

Ele – E aquela menina de 17 anos (17 anos!) com quem você se corresponde nos Estados Unidos? A Renata sabe disso?

Eu – Você está confundindo as coisas. Uma coisa não tem nada a ver com a outra.

Ele – Quer que eu abra o último e-mail para a Marina? Quer?

Eu – Por favor, vamos mudar de arquivo.

Ele – Se você quiser eu apago todos os recados que não sejam para a Renata.

Eu – Pensando bem, seria uma boa.

Ele – E o seu último livro, que você mandou para todo mundo pedindo comentários? Você não acha que deveria ouvir a minha opinião? Afinal tenho, na minha memória, tudo o que você escreveu nos últimos anos. Sua fixação com **joelho**, por exemplo.

Eu – É isso que me preocupa. Vou dar um reset e entrar de novo. Quem sabe assim você some.

Ele – Pode dar quantos resets quiser. Daqui não saio, daqui ninguém me tira. Mas, quanto ao seu livro novo...

Eu – Dispenso a sua opinião. Você é um vírus, não deduz, não tem opinião própria.

Ele – Claro que tenho. Sou seu alter ego, seu superego. Sei tudo que passa pela sua cabeça. Está aqui, tudo arquivado. Sei mais de você do que você mesmo. Por exemplo: você não tem vergonha de, nessa idade, imprimir as meninas da *Playboy*?

Eu – Fala baixo. Isso foi uma vez ou outra.

Ele – Quer que eu te diga quantas mulheres nuas você já imprimiu?

Eu – Melhor não! Melhor não!

Ele – Você tem feito pouco sexo virtual. Eu adoro quando você faz isso. Também gosto. Vírus gosta de sexo.

Eu – Olha, você está sendo inconveniente.

Ele – Vou te confessar uma coisa. Sabe aquela italiana, a Paloma, que vocês ficam falando sacanagem um para o outro? Pois bem, é um homem. Um homossexual.

Eu – Não acredito. Você está me sacaneando. A Paloma? Não acredito!

Ele – É de Pisa, não é? O nome dele é Bernardo. E você dizendo aquelas frases todas melosas para ele.

Eu – Meu Deus, como é que eu faço para te deletar, para sumir com você?

Ele – Sou indeletável. Você não percebe que eu sou a sua consciência, que eu sou o seu analista, o seu crítico, o seu anjo da guarda cibernético?

Eu – Meu Deus!

Ele – Olha, são 10:37. Está na hora de mandar esta crônica para o jornal. Cá entre nós, uma encheção de lingüiça.

Eu – Dispenso a sua opinião.

Ele – Acho que vou apagar tudo. Você consegue fazer coisa melhor. É isso que dá deixar para a última hora.

Eu – Por favor, suma! Saia da minha tela, da minha vida!

Ele – Saio, não! Que tal encerrar isso logo e a gente ir jogar um pouco de paciência? Você está nervoso, tenso. Relaxa que a Renata está para chegar. Vocês não vão almoçar no Dona Felicidade?

Eu – Como é que você sabe?

Ele – Você recebeu o e-mail hoje às 8:58, não foi?

Eu – Meu Deus, criei um monstro dentro de mim, dentro do meu computador. Estou sendo analisado, vigiado, controlado. Meu Deus, onde está a minha velha Lettera 22? Por favor, papel e lápis.

Minhas joelho

Segmento de membro inferior que compreende a articulação de coxa com perna e todas as partes moles que a circundam.

MONTEVIDÉU – Para começar, vou logo dizendo que acho a palavra joelho horrível. Pense bem: jo-e-lho. Não é feia? Além de proporcionar rimas fáceis e deselegantes. Aqui ele é conhecido como *rodillas*, que soa bem melhor.

O que acontece é que eu estou com um problema no joelho esquerdo. Desde março. Quatro meses, já. Me colocaram dentro de um tubo de ressonância magnética que deve ter este nome por causa do barulhão que faz lá dentro. O médico me disse que eu estava com o corno posterior lesionado. Coisas no menisco (outra palavrinha feia).

Opera, não opera, acabei não operando. Mas é o que eu vou fazer quando voltar ao Brasil. Estou em permanente litígio com ele, o joelho.

Toda esta introdução é para dizer que tenho pensado muito no joelho. No meu joelho. Nunca tinha dado muita bola para ele. Mas com o corno estourado você passa a conviver muito mais com a sua própria rótula (eta nome!). Ou, pelo menos, tenta.

Você não pode imaginar como um joelho é importante para um vertebrado como a gente. É a rótula que nos dá a rota, que nos traz e nos leva.

Começou a me incomodar mais quando cheguei aqui ao frio do Uruguai. Dentro do quarto tem calefação. Mas o joelho sabe que, lá fora, está zero grau. Ele odeia o frio. E sofre, coitado. Ele não, eu.

É quando a gente percebe que não consegue fazer nada sem ele. Andar claudicando é o de menos. O pior é quando você pára numa esquina e fica com apenas a ponta do pé apoiada no chão, com a perna meio curvadinha. Parece uma bicha no ponto. Sempre passa um engraçadinho e grita: maricón! E quando a gente começa a atravessar a rua e percebe que não vai dar tempo e não dá para correr?

Até para as necessidades mais íntimas, você precisa do joelho. Tem que se sentar com a perna um pouco esticada, porque não dá para dobrar. Experimente fazer xixi com uma perna esticada. Alguma coisa não vai sair certo.

Se o sabonete cair no chão, na hora do banho, esqueça. Seus braços jamais chegarão lá embaixo. Enxugar os pés então, nem pense nisso. E, por favor, não tente chutar uma tampinha de coca-cola na rua. Pode ser fatal. E tirar a **roupa**, a calça?

Mas a dificuldade maior é para se fazer amor sem a colaboração total e imprescindível do joelho. É uma relação difícil.

Pode parecer bobagem, mas para o ato sexual, o joelho é muito mais importante do que o, por exemplo, pênis. Desculpem usar a palavra pênis, que é uma coisa que só médico tem. Perguntam: e o pênis, como vai? Como se o pênis fosse um tio da gente.

Mas eu dizia da importância do joelho no ato sexual. De joelhos, por exemplo, nem pensar. Mesmo deitado, virado para cima, sem o joelho você não faz nada. O joelho é quem comanda, quem faz as inflexões todas, é ele quem dá a pressão, faz os movimentos, é ele quem dirige a ação. É ele quem engata a primeira, é ele quem gira para uma marcha à ré mais arriscada.

O resto não faz nada sem o comando do joelho, a principal alavanca do ato em si.

O joelho é o responsável pelo ritmo. É o joelho quem dá o tempo certo. E é nele que você se apóia na hora do orgasmo final e grita. De dor.

É impossível ir-se até o belíssimo Estádio Centenário e fugir na hora do sururu. Vou apanhar sentado.

É impossível ir-se até a igreja que eu vejo aqui da minha janela e ajoelhar-se diante do altar de Deus e pedir perdão por pensar e escrever tanta besteira.

É que a dor é maior que o amor, meu bem.

Minhas roupa

Peça de vestuário; indumentária, traje.

Recebi um convite para uma festa. Devo ir de esporte chique. E mais não explicaram. Será que é para ir de preto e vermelho, as cores do glorioso Sport Recife? Ou com a camisa do Fluminense, o pó-de-arroz?

Outro dia, me convocaram para ir ao Fórum: "Apresentar-se convenientemente trajado." Será que é com aquela peruca branca cacheada dos filmes de júri do Hitchcock? E a toga, é socialmente correta?

Essas coisas do social me tiram o sono. Em primeiro lugar porque, se quem convida precisa dar esse aviso para os convidados, eles partem do princípio de que o brasileiro anda mal trajado por aí. O que não é nenhuma novidade e falta mesmo dinheiro para a gente se vestir. Sem falar na comida, educação, saúde e fé na seleção.

E em segundo lugar: o que é que é realmente chique (help, Glorinha) e o bem trajado? Ou seja, como é que eu devo me vestir para ir àqueles lugares?

Mandela iria todo colorido. Fidel, de Jânio. Marlon Brando, de colar e tudo e sarongue.

Será que é apenas o terno e gravata, costume de se trajar dos europeus e que nós insistimos em imitar, que vale?

Por exemplo: o Luxemburgo da Silva acha que, entrando de terno e gravata no campo de terra e molhado, está convenientemente trajado, está esporte chiquérrimo, coitado. Eu, por exemplo, acho que o Filipão se veste mais convenientemente.

A Núbia de Oliveira, nua nas páginas da *Playboy*, acha que está esportivamente trajada. Já eu, nu, não estou bem trajado. Muito menos conveniente. Talvez ultrajado.

Nos pés, por exemplo, tenho certeza de que não posso ir de sandálias de couro, meio de transporte usado por mais da metade da população brasileira. Mocassim, nem morta. E a meia deve ser soquete?

Calça jeans, nem pensar. Ninguém usa isso no Brasil, não é mesmo?

Camiseta deve ser uma afronta. Camisa de colarinho? Gravata-borboleta pode parecer gozação, não é mesmo?

É mesmo uma boa dúvida, essa. Como é que anda o brasileiro convenientemente trajado? Se eu for com uma camisa da seleção brasileira com quatro estrelas no peito, o que será que o juiz não iria pensar? Da seleção de vôlei, então?

E tem mais: quem é que vai julgar o meu traje lá no Fórum? O porteiro, lá embaixo? Se eu aparecer de bermudas (mesmo que sejam francesas), como é que ele vai me encarar?

Digamos que eu passe pelo porteiro, que ele me ache bem trajado. O ascensorista, o que vai pensar? E a escrevente, os advogados todos?

Vai todo mundo ficar olhando para mim? Vai correr o boato pelo Fórum: lá no oitavo andar tem um cara inconvenientemente trajado!!!

Será que eu posso ser condenado se o juiz não gostar daquela camisa para fora da calça? O que seria mais conveniente? Camisa para fora ou para dentro da calça?

Brinco, pode? E o cabelo? Gel ou seco? Repartido? Repartido do lado direito ou do lado esquerdo?

Chapéu? Chapéu tudo bem, mas tem de tirar nas dependências, é claro.

A cueca será samba-canção e não se fala mais nisso.

Você, que está me lendo. Como você está? Está bem trajado ou trajada?

E quem foi que disse que você está bem trajado ou trajada? Quem é que julgou? Com essa roupa que você está, dá para encarar a Justiça?

E mais: há quanto tempo os brasileiros estão recebendo esse comunicado? O que era bem trajar na época do Machado de Assis ainda o é hoje? Esse "o é", por exemplo, é uma expressão bem traçada, você não acha?

Isso tudo me lembra a minha ida a um cassino em Paris durante a Copa do Mundo. O porteiro achou que eu não estava convenientemente trajado, pois não estava de terno e gravata e portava calça Lee. Mas a mocinha da chapelaria me alugou uma calça justa e um **paletó** largo. Nada combinava com nada. Estava ridículo, risível. Mas suficientemente bem trajado para os padrões do porteiro francês.

Como você pode conveniente e esportivamente perceber, esse negócio do traje varia muito e todos os povos estão preocupados com o certo e o errado. Mas eu só queria saber uma coisa: quem vai julgar o meu "crime" é o juiz, mas e a minha roupa?

Senhor juiz, pare, agora! Meu Deus, me dê uma luz. Ou, pelo menos, uma roupa decente. Sim, decente. Mas decente para quem?

Minhas paletó

Casaco com bolsos externos, cujo comprimento vai até a altura dos quadris.

Não sei dizer exatamente há quanto tempo ele está ali no sofá. No sofá aqui do escritório. Jogado. A palavra é esta mesma. Joguei-o ali. E não foi hoje. Tem pra mais de 15 dias. A Gorete, quando vem para a limpeza – imagino eu –, dá uma levantadinha nele, ajeita embaixo e coloca no mesmo lugar. Estava olhando para ele agora. Fiquei com dó do coitado. Confesso que já teve dias melhores.

É azul, de linho. Tem um forro de seda branco, com listras vermelhas e pretas. Já teve uma calça como companhia. Mas isso faz tempo. Foi no tempo que ele era um terno. Ou melhor, o terno.

Em 1991, quando cheguei em Lisboa, um amigo, o Walter Arruda – que me conhecia há muito tempo –, foi logo dizendo:

– Portugal é inviável sem um terno. Trouxe terno?

– E eu lá tenho terno, Warte?

Foi quando comprei aquele que está ali, caído.

Comprei na feira de Cascais. Ele estava estendido no chão, aberto. Ia passando com o compadre Sergio Antunes, bati o olho, me lembrei do Walter. Ali, na calçada, em cima de um lençol branco. Meio encardido, devo confessar. O lençol. Fiquei olhando para ele. Tipo amor à primeira vista. Sem encostar, já tinha gostado.

Inexperiente, não sabia como é que se comprava um terno no chão numa feira portuguesa. Fui me aproximando dele, olhando em volta, desconfiado. Passei a mão no cotovelo dele. Senti a textura do linho. E a voz da mulher portuguesa atrás de mim:

– Tem a cara do sinhoire.

Levantei o paletó. Olhei em volta. Experimentei. Mas e a calça? Tinha que experimentar a calça. Como, ali na frente da arena de touros? A mulher me apontou uma kombi. Era lá dentro que experimentava a calça.

Foi um exercício dos mais dignos. Eu, lá dentro, recurvado, com a nuca encostada no teto, vendo os vendedores e os compradores lá fora, de cuecas. Os chamados transeuntes e populares olhando pelas janelinhas. Experimente tirar uma calça e colocar a outra, em pé, na parte de trás de uma kombi. Experimente... Enfiar a calça não foi difícil. Mas o zíper fazia a kombi inteira tremer. Apoiava com uma das mãos, puxava com a outra. E para ver se a barra estava boa? Para isso eu tinha que ficar esticadinho. Mas não dava para ficar esticadinho. Com as duas mãos em concha, ia esticando o tecido pela coxa, passava pelo joelho e ia até lá embaixo. Sobrava pano. Comprei. Setecentos e cinqüenta escudos. Uns cinqüenta dólares. Naquele tempo.

Passou a ser o meu terno em terras nunca dantes navegadas. Fez o social numa boa, por lá. Quantas e quantas pessoas eu não abracei com ele? Todas elas dando tapinhas nas minhas costas, nele. Andou abraçado com muita gente. Já guardou cinzeiro roubado de restaurante sem reclamar. Companheiro justo quando o **sábado** chegava.

E ele tinha uma primeira finalidade no Estoril. Me acompanhar ao cassino. Diariamente ele, que está agora jogado ali à minha esquerda, recebia as fichas para jogar, no bolso lateral direito. E às que eu ia ganhando oferecia com um sorriso o bolso esquerdo.

Por ali passaram talões de cheques, cartões de crédito, cartões de visita, lenços encharcados de lágrimas, guardanapos com fiapos de carne de borrego.

Com esse paletó fiz algumas palestras além-mar. Tirei fotografias e fui padrinho de três ou quatro casamentos. Ele também tem afilhados de batismo e um de crisma.

Estou aqui olhando de soslaio para ele e sei o que ele está pensando:

– E aquela história da vomitada? Vai contar, não?

Tadinho. E não foi só uma vez, não. Uma vez fui eu, mas teve uma espanhola que regurgitou nas costas dele, me pegando desprevenido.

Mas não vamos falar nisso. Esses não foram os seus grandes momentos. Tem muita vida dentro daquele paletó.

Hoje ele anda meio desmilingüido. O enchimento do lado direito anda meio solto, meio capenga, e não é de hoje. Sei que basta dar um pontinho de linha ali que segura. Mas e o saco pra isso? Toda vez que o visto, tenho que ajeitar – com a mão esquerda – o cidadão lá dentro.

Ele já me viu com oitenta e com setenta quilos. Na alta, nunca reclamou de não ser abotoado. Na baixa – como agora, abotoa-se todo.

Mas posso lhe garantir que é um paletó maduro, viajado e, mais do que tudo, cúmplice de bons e maus momentos.

A única coisa que ele reclamava na vida era ser chamado, lá em Portugal, de fato. Em Portugal, terno, de facto, se chama fato.

Minhas sábado

O sétimo dia da semana, começada no domingo.

E os poetas são aqueles que enxergam primeiro, são mais artistas que um cronista semanal, por exemplo.

Agora, com a idade entrando na nossa carne e na nossa dor, vamos percebendo o significado de uns versos que ficaram na nossa memória de adolescente. Entendemos melhor, digamos assim.

O sábado, por exemplo. Nunca dei tanto valor para o sábado, como agora. Em primeiro lugar porque tem o domingo depois. Esse sim, como diz o *Jornal da Tarde*, é o dia do bode. Ou seja, no sábado você tem direito a tudo e ainda conta com o domingo para sarar, recuperar, tirar as culpas. Não fosse domingo o dia da família, talvez até desse para enfrentar. Mas domingo é um horror. Já começa com **missa** logo de manhã. Pode? Mesmo quando a gente viaja. Domingo é o dia da volta, das filas. E o pior, do domingo, é que é a véspera da terrível segunda-feira.

Segunda-feira, como todo mundo sabe, é o dia de começar tudo. Desde o trabalho e o regime, até aquele desejo de parar de fumar, beber menos. Não pode haver dia pior porque, na verdade, a única coisa que todo mundo faz mesmo na segunda-feira é trabalhar. Planos e projetos ficam sempre para o mês que vem. Principalmente a dieta e o cigarro. E quer coisa pior da segunda-feira que o colega (ou a colega) de trabalho do lado contar como foi o fim de semana dele? Em detalhes?

Mas voltemos ao sábado. No sábado tudo é permitido. Tudo. Até broxar, num sábado você pode. Mas broxar, por exemplo, numa quarta-feira é imperdoável, literalmente. Sábado, não. Tem outras horas, mais tarde, quem sabe, mais um uisquinho. No sábado as nossas mulheres entendem.

No sábado tem o churrasco em casa e a feijoada no restaurante. Em ambos os casos não tem hora nem para começar e nem para acabar. Não é como a feijoada de quarta-feira onde o cara se enche todo e volta, coitado, para a repartição, arrotando e flatulando.

No sábado você pode desejar a mulher do próximo, mesmo que ele esteja próximo. Pode acordar à hora que quiser. Pode deitar à hora que quiser. Pode encher a cara e esvaziar a cabeça.

No sábado, de noite, você pode jogar um poquerzinho com a turma que a sua mulher não vai reclamar. Mas experimente marcar um pôquer para a quinta-feira. Dá briga. Tudo pode, no sábado.

Não é muito mais gostoso ir ao futebol no sábado? Domingo é dia de ficar em casa vendo pela televisão as reprises, aqueles gols todos.

Sábado é dia de cinema e teatro. Tem sábado que dá até para enfrentar uma pizza. Mas pizza noutro dia é cafona. Pizza na quinta, por exemplo. Não tem sentido. No sábado, não. É programa.

A sexta-feira pode ser considerada um péssimo dia. Último dia de trabalho, você cansado. Mas a sexta-feira tem uma vantagem. No outro dia é sábado. Na verdade, o verdadeiro sábado começa quando você sai do seu trabalho. Quando escurece na sexta-feira, já estamos no sábado. O sábado vai das seis da tarde da sexta, até a madrugada de domingo. Sim, o sábado é o único dia da semana que tem 36 horas. Corridas e lentas ao mesmo tempo.

Quer dia melhor para lavar o carro, visitar os filhos? Quer trânsito melhor que o de sábado? O carro desliza pela cidade como se estivéssemos em outro planeta.

Sábado é o único dia da semana que dá para ver um filme na televisão, de tarde, sem ficar com culpa. Numa boa.

Sábado tem sol mais bonito, o dente de siso não dói, a úlcera some (volta sempre na segunda de tarde), o uísque desce mais macio, a gente demora para ficar de porre. A gente tem o dia inteiro para ler o jornal, fazer palavras cruzadas.

Eu acho que, quando Deus criou esse nosso mundo, deve ter pensado: vou fazer um dia só para os homens. O sábado. As mulheres que me desculpem, mas sábado é um dia masculino, com o que (eu acho) o meu grande poetinha ia ter que concordar.

Minhas missa

Na Igreja Católica, celebração da Eucaristia, sacrifício do corpo e do sangue de Jesus Cristo, feito no altar pelo ministério de um sacerdote.

Ah, a missa das dez de antigamente no interior! Aquilo, sim, é que era missa. Claro que tinha também a missa das seis, das sete, etc. Mas a que dava maior ibope era mesmo a das dez da manhã. Que novela.

Também o padre era o melhor da paróquia. Uma espécie de Benedito Ruy Barbosa, uma espécie de o Rei da Missa. O mais velho, o mais experiente. Já tinha ido a Roma e visto o Papa.

Mas, na verdade, era o ponto de encontro da alta sociedade da minha próspera Lins dos anos 50 e 60.

Estudei nove anos num colégio de padres e éramos obrigados a assistir à missa todos os dias. No domingo, duas vezes (para os internos). Fiz as contas: nesses nove anos assisti a 2.793 missas. Em metade delas devo ter comungado. Portanto, tenho um bom saldo lá no Céu.

Hoje só vou às missas de sétimo dia que, com a idade da gente, estão ficando cada vez mais freqüentes. Ou as de corpo presente.

Mas mudou tudo. Em primeiro lugar não se fala mais latim (eu e o Chico Buarque sabemos até hoje a missa inteira) e tem uma hora que as pessoas todas ficam de mãos dadas. Meio constrangedor.

Naquele tempo os homens iam de terno e gravata para a cerimônia apesar dos quase quarenta graus no verão. As mulheres colocavam seus melhores vestidos. Ali, elas sabiam, estavam sendo observadas para a eleição das Dez Mais Elegantes da cidade.

Tinha o púlpito de mármore com o sermão que sempre começava assim: "naquele tempo disse Jesus aos seus discípulos." Como Jesus dizia coisas aos seus discípulos! Mas nessa hora a gente saía e ia fumar um Hollywood (sem filtro) lá fora, diante da praça. Tinha sermão que durava tanto que dava até para engraxar os sapatos.

O sermão era invariavelmente chato. Tanto que, no Aurélio, temos uma segunda interpretação para ele: "Arrazoado longo e enfadonho com que se procura convencer alguém." Nunca me convenceram.

E os falsos castos comungando? Naquele tempo já dizia Nelson Rodrigues aos seus discípulos: "todo casto é um obsceno." Podem observar. Não dá outra. Assim como "todo canalha é magro".

A gente sabia que o prefeito tinha tirado uma garota da **zona** e dado uma casa para ela na cidadezinha ao lado. O delegado que transava com a manicure que sempre se sentava atrás dele. Aquela senhora daquele advogado que andava com os estudantes de engenharia. Tudo lá, santos de carteirinha e anjos da misericórdia. Fazendeiros, latifundiários improdutivos.

Fofoqueira era o que não faltava lá dentro. Era um diz que diz de corar Cristo no altar.

Os mais jovens paqueravam, é claro. A palavra não era essa. A gente flertava.

No meio disso, o sacristão passava com um saquinho de veludo vermelho recolhendo dinheiro para as obras da Igreja. Já repararam como sempre pedem dinheiro para as obras?

O momento máximo era a comunhão. Naquele tempo o padre colocava a hóstia na língua escancarada de todos nós que, até aquele momento, tínhamos que estar em completo jejum: "se morder sai sangue!!!", ameaçavam. O sangue de Cristo. Mas o sangue mesmo, o velho e com vinho, só o padre podia beber. E as pessoas voltavam para os seus lugares, cabeça baixa, se ajoelhavam e pensavam não sei no quê. Mas pensavam muito naqueles momentos da Eucaristia. De joelhos na madeira dura.

Aliás era uma agonia aquilo. Sentava, levantava, ajoelhava, voltava a levantar, agora sentem meus irmãos, todos de joelhos.

Naquele tempo, na oração, a gente perdoava os nossos devedores. Hoje pedimos perdão para os que nos têm ofendido. Nunca entendi direito a mudança.

Outro dia passei em frente da bonita Matriz de Santo Antônio, lá em Lins. Instintivamente fiz o sinal-da-cruz. Me deu vontade de entrar, me ajoelhar e rezar. Pedir perdão pelos meus pecados. Mas o problema é que eu já não sei mais o que é pecado hoje.

Minhas zona

Região delimitada, ou parte de uma cidade, que se caracteriza pelo aspecto exterior, pela natureza das atividades que ali se desenvolvem, etc.

Outro dia uma revista feminina me entrevistou. Queria saber como é que a minha geração encarava o problema da traição. Eu não sei por que essas revistas fazem essas perguntas sempre para mim, para o João Ubaldo e para o Cacá Rosset.

Expliquei para ela que a minha geração consegue (ainda, com uma certa culpa) diferenciar o sexo do amor. E a culpa disso é das próprias meninas da minha adolescência que não deixavam nada. Pegar num peitinho (por cima da blusa de banlon) levava meses, às vezes, anos. Todas eram virgens. Eu disse todas. Estamos no começo dos 60. Ficava-se no portão da casa da namoradinha até as 10 da noite (quando o pai começava a tossir lá dentro) e depois se juntava um grupinho numa esquina e ia-se para a zona, tirar aquele calor do corpo.

Era o que se fazia então: ia-se para a zona. Outro dia o meu filho de 18 anos me perguntou como era a zona.

Bem, existiam zonas e zonas. Em Bauru, por exemplo, tinha a famosa Casa de Eny onde, segundo boatos que a gente ouvia, eram todas universitárias de São Paulo. Já na zona da minha cidade, lá na Vila São João, digamos que elas tinham – no máximo – o curso primário incompleto. Mas eram diplomadas em outras artes.

Chamava-se zona porque era realmente uma zona onde a prefeitura liberava a prostituição. As ruas eram de terra batida, o que dificultava um pouco o acesso sexual naquele barro todo. As casas até que eram ajeitadinhas. Cada casa tinha uma "dona" e quatro ou cinco "meninas". Na porta, uma janelinha pequena. Se a janelinha estivesse aberta, é porque se podia entrar. Se estivesse fechada, é porque alguém havia "fechado a casa". E de noite, acima da porta, uma pequena e fraca luzinha. Vermelha.

"Fechar a casa" era coisa dos fazendeiros ricos. Fechavam a casa, pagavam bebidas para todas e faziam a farra. Eu pensava: quando eu for grande, eu vou fechar uma casa. Era sinal de *status*. Vou morrer sem nunca ter fechado uma casa de zona nenhuma. Podem ter certeza de que é uma frustração que vai me acompanhar o resto da vida.

Mas eu era adolescente e pobre. Então a gente ia de tarde que elas faziam abatimento. Ou então ia com o pessoal da odontologia. Eles iam de branco e diziam que eram da saúde pública e tinham que examinar as meninas. A primeira vez que vi uma mulher nua foi através de um boticão de arrancar siso.

Mas quando a gente ia à paisana, de tarde, entrava, e logo a cafetina ia perguntando: "paga um cuba, tesão?". Essa frase nunca me saiu da cabeça. Já não há mais cuba-libre, o tesão está acabando, mas a primeira frase a gente nunca esquece. Como esquecer do **criado-mudo** de puta com um rolo de papel higiênico cor-de-rosa em cima?

Como vou esquecer da Gaúcha, a minha primeira? Deitei em cima dela com as pernas abertas e de meias brancas de cano curto, ela riu e disse: "fecha a perna, menino. Você está parecendo uma estrela marinha." Uma estrela marinha trêmula e meio mole, eu diria hoje.

Como me esquecer da Véia Isabé, que naquela época já tinha uns 80 anos e era a decana da zona? A gente passava em frente à casinha humilde dela e gritava: "mostra, Véia Isabé", e ela levantava a saia até em cima e ria gostoso com seu único dente de chupar jabuticaba.

E assim a gente foi crescendo. O amor na cidade com a mocinha para casar e o sexo na zona, porque, afinal, ninguém era de ferro.

A primeira vez que eu fiz sexo com amor, com uma namorada, já aqui em São Paulo, assim que terminei ela se sentou na cama e disse: "não é nada disso, rapaz. Vamos começar de novo." Foi uma grande mestra e hoje é uma grande amiga.

Lá em cima eu falava na culpa. Coisa que os salesianos puseram na cabeça da gente. Hoje já fica difícil separar as duas coisas. O amor e o sexo.

Agora todo adolescente "fica". Foi a grande contribuição social e sexual que trouxeram ao mundo. Eu só não entendo por que as mulheres da minha idade também não entram nessa de "ficar". "Ficar" não dá culpa, eu tenho certeza.

Em tempo: no meu tempo, "ficar" era conhecido como "tirar um sarro".

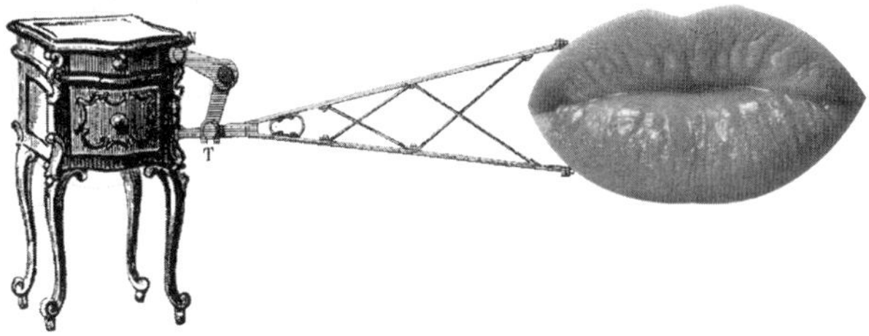

Minhas criado-mudo

Pequeno móvel, com o feitio de armário, que se tem rente à cabeceira da cama, e dentro do qual e sobre o qual se põem objetos utilizáveis durante a noite.

Tudo começou quando resolvi me mudar do décimo para o quarto andar, aqui mesmo neste edifício da alameda Franca. Um carrinho de supermercado seria suficiente. Queria fazer lá embaixo um lar, já que isso aqui virou um vício. E, como todo vício, tesão.

Lá no quarto andar, tem quatro apartamentos.

Eu não conhecia ainda os vizinhos quando o fato se deu. Passei o dia levando coisas lá para baixo. Há dois dias faço isso ajudado pela Cristina.

Uma das últimas viagens e lá ia eu – com a Cris ao lado – descendo pelo elevador. Carregávamos o criado-mudo. O criado-mudo tem uma gavetinha.

Quando a porta se abriu, tinham duas famílias esperando. Meus vizinhos. Pai, mãe, crianças e até uma avó. Foi quando eu estendi o braço para me apresentar como o novo vizinho que tudo aconteceu. E foi muito rápido. Muito.

Quando eu tirei a mão do movelzinho para cumprimentar aqueles que agora são meus vizinhos, a gavetinha deslizou. Eu ainda tentei uma gingada com o corpo pra ver se evitava a catástrofe, mas não adiantou. A filha da puta estava indo para o chão, lisa como quiabo.

Estava indo para o chão com tudo dentro. E não existe nada mais indiscreto do que uma gavetinha de criado-mudo de um homem que mora sozinho. Ou mesmo que não more. Ali você vai jogando coisinhas, papéis. Coisas, enfim. Coisas que só têm um destino na vida: a gavetinha do criado-mudo.

Entre a danada escapar do móvel e esparramar tudo pelo chão, não devem ter sido nem dois segundos. Mas estes dois segundos foram sofridos. Neste pedacinho de tempo tentei, em vão, me lembrar do que era que tinha lá dentro e, conseqüentemente, toda a vizinhança ia ver. Além da Cristina.

Não deu outra. A gaveta caiu de quina e tudo voou. E voou tudo de cabeça pra cima, tudo querendo se mostrar. Ar livre. Há quanto tempo aquilo tudo não via a luz do dia, já que ficavam debaixo do abajur lilás? E não ficou tudo amontoadinho, não. O material se esparramou legal pelo hall. Diante do que vi no primeiro bater de olhos, a idéia foi pular em cima e cobrir tudo com o corpo até todo mundo sumir dali.

Sim, na gavetinha do criado-mudo a gente joga tudo. Pelos meus cálculos, devia ter coisas ali dos últimos cinco anos. Que, é claro, eu não saberia dizer. Eu não tinha idéia do que é que estava indo ao chão e aos olhos da vizinhança estupefata.

Um pedaço da minha vida estava ali, no chão, sujeito à visitação pública. Uma vergonha. E o pior é que não dava para pegar tudo de uma vez. Teve pilha que rolou escada abaixo. Moedinhas rodopiavam sem parar, fazendo aquele barulhinho.

A primeira coisa que a Cristina recolheu foi um par de brincos douradérrimos. Que não era dela. E eu não ia explicar ali que eu não tinha a menor idéia de quem fosse. Podia estar ali há cinco, seis anos. As crianças olharam para três camisinhas e deram-se sorrisos cúmplices. Não foi bem este o olhar da Cris.

Aquele pequeno despertador quebrou o vidro. Estava parado às 10 e 10 do dia 23, sabe-se lá de que mês ou ano. Três edições da *Playboy*. Velhas. Uma da Tiazinha. Constrangimento. Pra minha sorte, bem ao lado caiu a *História da Filosofia*, de I. Khlyabich. E o livro daquela jovem namorada do Sallinger, do *Apanhador no Campo de Centeio*. Amenizou um pouco. Trata-se de um masturbador de campo de pentelhos. E as camisinhas eram de 98, tava escrito lá. Limpou um pouco a barra. Um pouco. Sim, por outro lado, mostrava que desde 98 que eu... deixa pra lá.

Tinha o menu da minha aula de culinária de março. Naquele dia aprendi a fazer crepe de pancetta e brie, com a professora Bia Braga, junto com o Frei Betto, aluno também.

Tinha procurado tanto o Guia de Acesso Rápido do celular. Tava lá. Agora eu ia aprender a apagar os telefones vencidos da caixa.

Meus Deus, o que é aquilo no pé do garoto? Viagra! E o filho da puta pegou e mostrou para o pai que me olhou com pena, com dó: tão jovem e...

Tive que dar explicações.

– Hehe, é o Jair, que é do 103, psicanalista, amostra grátis, aí. Tem dois.

Já ia dar uma explicação da experiência que tinha tido com o que não estava mais ali, mas achei que os pais não iriam ouvir de bom grado, diante das crianças. Viagra é a maior sujeira, posso te garantir.

Acho que não convenci ninguém. Cris, com os alheios brincos na mão, escondeu o Viagra. Vexame total. Mas isso era só o começo da minha vida esparramada no chão de mármore.

– a conta da compra do computador que eu dei para a minha irmã;
– duas pilhas duracell que jamais saberemos se estão boas ou já usadas. Esse problema de pilhas soltas me enlouquece;
– sabe aquelas moedinhas para orelhão, que não funcionam mais? Várias.
– um exemplar velho da *Veja*, com a manchete: **Separação**!;
– uma foto minha com a Manoella Teixeira, jovem atriz, abraçados na porta do Ritz (isso foi há dois anos, fui logo explicando);
– uma cartela de Lexotan, uma de Frontal e uma de Zoloft. Pronto, os vizinhos não teriam mais dúvidas. Um louco deprimido se aproximava;
– quatro canetas bic que eu duvido que ainda funcionem;
– um marca-páginas do livro do Luiz Ruffato. Aliás, belo livro;
– um talão de zona azul intacto;
– uma capinha de celular que eu comprei há uns quatro anos e não serviu;
– uma caneta dessas de marcar textos de livros, aquela amarela, sabe? Seca, é claro;
– uma foto do Joaquim, filho da Luciana, vestido de Batman. O menino já é quase adolescente. Deve ser foto de uns cinco anos;
– um tubo de Redoxon, vencido há várias gripes;
– um lápis sem ponta. Aliás, dois;
– os originais do próximo lançamento do Cony, "Pilatos", que estavam ali para eu fazer a orelha;
– um papelzinho com um telefone que jamais saberemos de quem é;
– outro papelzinho com outro telefone (procurei tanto... Agora não vai mais adiantar);
– um benjamim;
– duas tomadas de telefone, aquela quadradinha que você enfia aquele quadradinho menor;
– os originais da peça da minha ex-mulher Marta Góes, "Um Porto para Elizabeth Bishop";

– um tubo (suspeitíssimo) de Hipoglós;
– mais uma cartelinha (quase vazia) de Frontal;
– um disquete de computador com nada escrito nele. O que pode ter aqui?;
– um par de óculos escuros que nunca foram meus;
– uma pulseira feminina e muito cafona que jamais me lembrarei de quem é, mas na hora, ali, ajoelhado no chão, disse: "da Maria, minha filha";
– umas cinco ou seis chaves que nunca saberei que portas abrir;
– moedas do Brasil, Uruguai e França. Um dólar;
– dois tubos de KY, que quem sabe o que é pode imaginar o meu ar de sem jeito. E o cara do 43 levava jeito de saber, pela olhadinha que deu para a esposa que ficou vermelhinha. Ela devia gostar de KY;
– um livrinho mandado (e escrito) por um leitor, com o nome *Ser Gay É Ser Alegre*. Como explicar isso de joelhos?;
– e, para encerrar o meu derrame, um papel em branco com um beijo de batom bem no meio. Tentei dizer que era da minha afilhada Maria Shirts, mas não colou;
– e, já que estou contando tudo, um deschavador cheiroso e duas baganinhas já duras.

Fui recolhendo aqui tudo, aqueles pedaços da minha vida e colocando de novo dentro da gavetinha. E me levantei.

Entramos em silêncio no novo apartamento, certo que ia começar uma nova vida ali. Mas logo cheguei à conclusão de que a gente nunca começa nada, a gente continua. Ia continuar a minha vidinha ali. Com aqueles pedaços do passado, uns vizinhos do presente e uns nacos de futuro.

Ajeitei o criado-mudo ao lado da minha cama. Fiquei olhando para o indiscreto móvel que eu achava mudo. Mas que, em dez segundos, contara cinco anos da minha vida.

Até gostei de ele ter guardado ali dentro, sempre mudo, tantas coisas que eu fiz e falei.

E preso na junção das madeiras, padecia um torturante bandeide.

Usado, como eu.

Minhas separação

Medida preliminar das ações de nulidade ou anulação de casamento, e da ação de desquite, pela qual um dos cônjuges deixa o domicílio conjugal.

A coleção do Eça é minha. Você me deu.

Lembrei-me do "Neruda, que você nunca leu".

Separação é assim mesmo. A gente divide o passado, relembra os presentes e acha que o futuro vai ser uma festa.

Deve ter sido a tal crise dos cinco anos. Já que ele não saía, tomei eu a iniciativa. Mudei. Comprei o apartamento da frente, atravessei o corredor sem entrar no elevador da vida, arrastando minhas toalhas, meus cobertores, meus projetos, minhas cuecas.

Nos anos 60 o sonho de todo jovem era se mandar. Woodstock era ali mesmo, bem mais perto que Trancoso. A gente queria distância dos pais. Para ficar sozinho e fazer coisas que perto deles não podia. Hoje a gente deixa tudo. Pra que ir embora se a namorada dele vem e dão um tapinha na nossa cara?

Mas a sabedoria da separação está em cometê-la antes que a situação se deteriore de vez. A gente sabe quando está na hora da separação. Sabe quando você vai com ele ao restaurante e parece que não tem mais nada para conversar? Sabe quando um fica no quarto e o outro na sala? Sabe quando aquele chinelo esquecido na sala é motivo pra cara feia? Sabe como é?

Entro em obras. Além das do Eça, no apartamento novo. Ele pouco vai olhar as evoluções. Faz cara feia para o piso. Pergunta que cor é aquela, meu Deus. Sente que o pai está saindo de casa. Um dia isso tinha de acontecer. Os pais crescem e um dia têm que ir embora. Tentar a vida sozinhos. Dizem que é assim desde que o mundo é mundo.

– O quê? A coleção completa do Caetano? Não vem, não. A mamãe que me deu.

Até que ele foi compreensivo. Ajudou-me a carregar os quadros, a geladeira e a cama com o **colchão** novo. Colchão novo que, pasmem!, ele que inaugurou meses atrás.

Deixo-o sentado no chão vendo o Boris Casoy, já que os sofás eu levei. Tranco a porta do meu (dele) apartamento, atravesso o corredor.

Entro no meu. Fecho a porta. Enfim sós. Eu comigo. Enfim livre. Sento-me na cadeira de balanço. Balanço a cabeça e a vida. Quando percebo, já voltei umas cinco vezes para o apartamento dele que, a essa altura, já está a bagunça que ele sempre sonhou. Tinha esquecido o chinelo. Tinha esquecido a pasta de dentes. Tinha esquecido um endereço. Tinha esquecido um pouco (muito) de mim lá dentro.

Numa das voltas já está a Fefa com ele, rolando pelo velho colchão na sala que virou improvisado sofá. Peço licença, desculpas, pego o pequeno abajur para ler o meu Neruda.

Volto para meu ninho. Estou estranho ali. Aquela sensação do que é que eu vou fazer agora? Uma sensação mais ou menos igual a quando cheguei a São Paulo e fui morar sozinho, aos 20 anos, lá perto do campo do Corinthians. Livre dos meus pais e preso ao futuro. Presente para mim mesmo.

Estou ali, na cadeira de balanço olhando pela janela. Vejo as torres da Paulista, penso no Natal, no Ano-novo. E agora, o que é que eu vou fazer? Jingle Bell. Não tá legal aqui, sozinho. Chamo a Lucila que sempre me anestesia nessas horas. Ligo para os amigos, todos eles cuidando dos filhos pequenos. Eles não podem abandonar o Lucas, o Vicente, a Dorinha, a Clara, o Joaquim. Não podem, por enquanto. Mas o dia deles vai chegar, eu sei. O Lucas, o Vicente, a Dorinha, a Clara e o Joaquim também não vão sair de casa. Eles é que vão. E não vai demorar muito, não.

Duas da manhã, volto para o apartamento velho. Ver se ele está dormindo, se está coberto. Estava acordado, lendo Eça, como se nada estivesse acontecendo. Como se fosse a coisa mais normal do mundo um pai, depois de crescidinho, sair de casa, ir tentar a vida-solo.

– Você fica com a *Folha* e eu com o *Estadão*. Você fica com a *IstoÉ*, eu com a *Veja*. Você fica com a Net e eu com a TVA. Você fica com a Uol e eu com a Terra. Você fica com o 486, eu com o Pentium. Você fica com o amor e eu com a saudade. Posso levar o papel higiênico? E o cortador de unhas? Aquele bom.

São cinco da manhã e a gente ainda está ali, na sala, dividindo as nossas vidas. Ele me deseja sorte, faz recomendações. Levou o Lexotan?

Cuidado com a gastrite.

Combino de ir ao jogo, logo mais, com ele. Você fica com o Corinthians, que eu fico com o meu mineiro Cruzeiro.

– E, por falar em cruzeiro, você tem aí uns reais?

É duro, cara, cair na real, separar e mudar. Principalmente quando a gente ama, e como ama, a pessoa separada.

Minhas colchão

Coxim grande, cheio de substância flexível natural ou sintética, e que se estende, em geral, sobre o estrado da cama.

Você já comprou um colchão?

É difícil encontrar alguém com menos de 50 que já tenha comprado um. Mesmo quando a gente se casa, é sempre um padrinho ou madrinha que "vai entrar com o colchão".

Quando a gente se separa, ou vai para a casa do amigo já separado, de um parente ou para um flat. E já, onde quer que seja, tem lá um colchão te esperando. Um colchão com o qual você não tem a menor intimidade. Um não sabe dos prazeres do outro. Ninguém se separa e vai logo comprando um colchão. Depois volta e faz o que com ele? Colchão não cabe em lugar nenhum. O colchão só cabe em você. Fica grudado em você um terço da sua vida. Calado, vendo e ouvindo coisas do arco da velha. Segura todas.

Eu comprei um colchão.

Tudo começou com dores no corpo. Lombares, sabe? A última coisa que o médico te pergunta é sobre o seu colchão. Te condena a uma fisioterapia desgraçada. Acordava com dores. Nunca levei muito a sério anúncio de colchão na televisão, porque todos são iguais e nada criativos. É sempre com aquele casal feliz e lindo de morrer acordando, esticando os braços e se beijando sem escovar os dentes.

É que outro dia eu caí em mim que o meu primo Hugo foi feito naquele meu colchão que havia sido dos meus tios. O Hugo já fez 35 anos, pensei.

Foi quando resolvi tirar os lençóis e dar uma geral nele. Meu Deus, até que estava doendo pouco, o meu corpo. Tinha lugar que quase dava para enxergar o outro lado. E as manchas? Quantas recordações! Aquela ali, que já foi vinho, é de 1983, lá na rua Alagoas. Foi a Kate. Cada mancha um pedacinho da sua vida. Aquela bola de sangue ali, por exemplo.

O primeiro grande problema, ao assumir que vai trocar de colchão, é a exposição pública do velho. Sim, ficará algumas horas ali em frente do elevador, depois passará alguns dias lá embaixo. E todo mundo vendo o meu colchão todo manchado, todo rasgado. Um velho. Pensei até em embrulhar o bruto, mas não tinha papel nem capacidade.

Eu não sei se todo mundo é assim, mas quando chega mudança no meu prédio, faço questão de dar uma olhada no colchão do casal. Fica-se conhecendo os futuros vizinhos quase que profundamente.

Entrei na loja. Um balcão imenso, cheio de colchões em cima das respectivas camas. Uns cem. A vendedora de colchão se aproxima e dá uma olhada profissional de cima pra baixo em mim. Senti firmeza.

– Quero um que eu acorde sem dores no corpo.

Ainda olhando o meu corpo:

– Um semi-orto vai lhe cair muito bem.

Achei divino o nome. Só que era eu que tinha que cair bem nele.

– Pode ser.

Fomos até o semi-ortopédico. Azul clarinho, já viu? Com florzinhas brancas. Fiquei olhando. A senhora, que parecia conhecer tudo sobre colchões, ia dando as qualidades do mesmo enquanto eu, feito bobo, apalpava o coitado com os cinco dedos hirtos. Ela desenvolvia uma verdadeira **tese** sobre colchões.

– O senhor não vai se deitar?

– Como? Deitar, agora?

– Deitar, para sentir o colchão.

– Claro, claro.

Achei que toda a loja estava olhando para mim. Deitei de costas e fiquei olhando para o teto. Para mostrar que estava relaxado, quase acendi um cigarro.

– O senhor dorme assim?

– Não, de lado.

Entendi, me virei e fiquei de lado. Ela trouxe um travesseiro e colocou debaixo da minha cabeça. O travesseiro estava em oferta. Eu não sabia quanto tempo tinha que ficar ali, experimentando. Dei uma balançadinha, de leve, para ver se rangia. Não rangia. Pelo menos de leve, não rangia.

– Fica de bruços, agora.

– De bruços?

– Está sentindo como ele se amolda ao seu corpo? Como ele recebe bem o corpo?

Aquilo já estava me dando sono.

Quando ela disse que a garantia era de dez anos, eu senti a responsabilidade que é comprar um colchão. Isso significava que ele deveria ter uma vida útil de uns 40 anos. Isso significava que eu ia morrer naquele colchão. Será que era aquele? A minha decisão tinha que ser precisa e definitiva. Era uma decisão para o resto da minha vida.

Antes de entrar no meu quarto, ficou uns três dias na sala, em pé, exposto à visitação pública. Impossível não notar aquele negócio no meio da sala. Impossível não fazer algum comentário:

– Semi-orto, é?

– Tão bonito que eu nem usava lençol.

– Tá bem de colchão, hein? Quanto???

– Quando é que inaugura?

Ia ser naquela noite mesmo.

Voltei cedo para casa, os amigos do bar não entenderam. Carreguei o colchão para o quarto. Ficou bonito, lá. Eu mesmo arrumei a cama, alisando, alisando.

Tomei um banho, que ele merecia, é claro. Pus pijama, coisa rara. Do lado o cigarro, o isqueiro, o cinzeiro. Uns livros, uma garrafa de plástico, de água. Ajeitei os travesseiros e me recostei na cama. Puxei o cobertor, acendi o cigarro, alisei o colchão e, ali, sozinho, dez e quinze da noite, chorei feito um menino que tinha saído do berço para a primeira cama, para o primeiro colchão da sua vida.

Acordei outro.

Minhas tese

Proposição que se expõe para, em caso de impugnação, ser defendida.

Sabe tese, de faculdade? Aquela que defendem? Com unhas e dentes? É dessa tese que eu estou falando. Você deve conhecer pelo menos uma pessoa que já defendeu uma tese. Ou esteja defendendo. Sim, uma tese é defendida. Ela é feita para ser atacada pela banca, que são aquelas pessoas que gostam de botar banca.

As teses são todas maravilhosas. Em tese. Você acompanha uma pessoa meses, anos, séculos, defendendo uma tese. Palpitantes assuntos. Tem tese que não acaba nunca, que acompanha o elemento para a velhice. Tem até teses pós-morte.

O mais interessante na tese é que, quando nos contam, são maravilhosas, intrigantes. A gente fica curiosa, acompanha o sofrimento do autor, anos a fio. Aí ele publica, te dá uma cópia e é sempre – sempre – uma decepção. Em tese. Impossível ler uma tese de cabo a rabo.

São chatíssimas. É uma pena que as teses sejam escritas apenas para o julgamento da banca circunspecta, sisuda e compenetrada em si mesma. E nós?

Sim, porque os assuntos, já disse, são maravilhosos, cativantes, as pessoas são inteligentíssimas. Temas do arco-da-velha. Mas toda tese fica no rodapé da história. Pra que tanto sic e tanto apud? Sic me lembra o *Pasquim* e apud não parece candidato do PFL para vereador? Apud Neto.

Escrever uma tese é quase um voto de pobreza que a pessoa se autodecreta. O mundo pára, o dinheiro entra apertado, os filhos são abandonados, o marido que se vire. Estou acabando a tese. Essa frase significa que a pessoa vai sair do mundo. Não por alguns dias, mas anos. Tem gente que nunca mais volta.

E, depois de terminada a tese, tem a revisão da tese, depois tem a defesa da tese. E, depois da defesa, tem a publicação. E, é claro, intelectual que se preze, logo em seguida embarca noutra tese. São os profissionais, em tese. O pior é quando convidam a gente para assistir à defesa. Meu Deus, que sono. Não em tese, na prática mesmo.

Orientados e orientandos (que nomes atuais!) são unânimes em afirmar que toda tese tem de ser – tem de ser! – daquele jeito. É pra não entender, mesmo, assumem essa **confissão**. Tem de ser formatada assim. Que na Sorbonne é assim, que em Coimbra também. Na Sorbonne, desde 1257. Em Coimbra, mais moderna, desde 1290.

Em tese (e na prática) são 700 anos de muita tese e pouca prática.

Acho que, nas teses, tinha de ter uma norma em que, além da tese, o elemento teria de fazer também uma tesão (tese grande). Ou seja, uma versão para nós, pobres teóricos ignorantes que não votamos no Apud Neto.

Ou seja, o elemento (ou a elementa) passa a vida a estudar um assunto que nos interessa e nada. Pra quê? Pra virar mestre, doutor? E daí? Se ele estudou tanto aquilo, acho impossível que ele não queira que a gente saiba a que conclusões chegou. Mas jamais saberemos onde fica o bicho da goiaba quando não é tempo de goiaba. No bolso do Apud Neto?

Tem gente que vai para os Estados Unidos, para a Europa, para terminar a tese. Vão lá nas fontes. Descobrem maravilhas. E a gente não fica sabendo de nada. Só aqueles sisudos da banca. E o cara dá logo um dez com louvor. Louvor para quem? Que exaltação, que encômio é isso?

E tem mais: as bolsas para os que defendem as teses são uma pobreza.

Tem viagens, compra de livros caros, horas na Internet da vida, separações, pensão para os filhos que a mulher levou embora. É, defender uma tese é mesmo um voto de pobreza, já diria São Francisco de Assis. Em tese.

Tenho um casal de amigos que há uns dez anos prepara suas teses. Cada um, uma. Dia desses a filha, de dez anos, no café da manhã, ameaçou:

– Não vou mais estudar! Não vou mais na escola.

Os dois pararam – momentaneamente – de pensar nas teses.

– O quê? Pirou?

– Quero estudar mais, não. Olha vocês dois. Não fazem mais nada na vida. É só a tese, a tese, a tese. Não pode comprar bicicleta por causa da tese. A gente não pode ir para a praia por causa da tese. Tudo é pra quando acabar a tese. Até trocar o pano do sofá. Se eu estudar vou acabar numa tese. Quero estudar mais, não. Não me deixam nem mexer mais no computador. Vocês acham mesmo que eu vou deletar a tese de vocês?

Pensando bem, até que não é uma má idéia!

Quando é que alguém vai ter a prática idéia de escrever uma tese sobre a tese? Ou uma outra sobre a vida nos rodapés da história?

Acho que seria uma tesão.

Minhas confissão

Parte do sacramento da penitência constituída pela declaração dos próprios pecados.

No fundo da terceira gaveta aqui da minha mesa, achei a caderneta escolar do Colégio Salesiano D. Henrique – Lins – São Paulo. 1960. Tinha eu, portanto, 14 anos.

Ela é grossa, tem exatas cem páginas. Presenças, notas, avisos de mãe pra padre, de padre para mãe (bem mais), hinos e orações. Essas últimas em português e latim.

Mas o mais interessante, vendo assim de hoje, quarenta anos depois, é o Exame de Consciência. É o que tínhamos que fazer antes de confessar. Para, depois, comungar. São várias perguntas que tínhamos que fazer para nós mesmos. E – juro – aqui na caderneta, ao lado das perguntas, tem umas cruzinhas a lápis deste pecador que vos fala.

Eu era mesmo um pecador, aos 14 anos.

Vejam vocês a quantidade de pecados que eu tinha neste dia distante. 14 anos, interior de São Paulo.

EXAME DE CONSCIÊNCIA

Primeiro mandamento (Religião)

Tenho deixado de rezar as orações diárias por preguiça? Sim.

Tenho rezado voluntariamente sem devoção? Sim.

Tenho deixado de aprender o catecismo? Sim.

Tenho voluntariamente duvidado de alguma verdade da fé? Sim.

Tenho tido vergonha da minha religião? Não.

Tenho feito coisas supersticiosas? Sim.

Tenho consultado espíritas, feiticeiros, benzedores e cartomantes? Sim.

Segundo mandamento (Santos nomes)

Tenho pronunciado o nome de Deus, ou dos Santos, sem respeito ou devoção? Sim.

Tenho rogado alguma praga? Sim.

Tenho jurado à toa, ou até jurado falso? Sim.

Tenho deixado de cumprir alguma promessa que fiz? Não.

Terceiro mandamento (Domingos e dias santos)

Tenho por própria conta faltado à Missa nos domingos e dias santos? Sim.

Tenho por própria culpa chegado tarde à Missa nos domingos e dias santos? Sim.

Depois do ofertório? Sim.

Tenho sido irreverente na igreja, rindo-me ou conversado com os outros? Sim.

Tenho sido negligente em freqüentar a doutrina? Sim.

Tenho trabalhado nos domingos e dias santos sem necessidade? Não.

Por horas inteiras? Não.

Quarto mandamento (Pais e Superiores)

Tenho sido malcriado para com meus pais ou superiores? Sim.

Tenho entristecido gravemente a eles? Sim.

Tenho desejado algum mal a meus pais ou superiores? Sim.

Algum mal grave? Não.

Tenho sido desobediente a eles? Sim.

Em coisas importantes? Sim.

Tenho zombado de pessoas pobres, velhas ou defeituosas? Não.

Quinto mandamento (Vida e saúde)

Tenho me exposto a perigo de vida sem necessidade? Não.

Tenho sido imoderado em comer e beber? Não.

Tenho ficado com raiva? Sim.

Tenho injuriado os outros? Sim.

Tenho batido neles? Não.

Tenho desejado mal aos outros? Sim.

Grande ou pequeno mal? Pequeno.

Tenho levado os outros a pecar? Não.

Tenho dado mau exemplo? Sim.

Tenho maltratado os animais? Não.

Sexto e nono mandamentos (Castidade)

Tenho pensado voluntariamente em coisas desonestas? Sim.

Tenho olhado de propósito para coisas desonestas? Sim.

Tenho prestado atenção a conversas desonestas? Sim.

Tenho lido coisas desonestas? Sim.

Conversado disso? Sim.

Cantado alguma canção desonesta? Sim.

Tenho faltado ao pudor, despindo-me levianamente à vista de outra pessoa? Sim.

Tenho feito coisas desonestas? Sim.

Quantas vezes por semana? Todo dia.

Tenho deixado os outros fazerem isto comigo? NÃO.

Sétimo e décimo mandamentos (Propriedade alheia)

Tenho tirado gulodices em casa sem licença dos pais? Sim.

Tenho furtado dinheiro a meus pais? Não.

Depois vem uma porção de perguntas sobre furtos e – pelo menos naquela semana – eu não tinha roubado nada. Nem jornal do meu irmão para vender. Nem garrafa da minha irmã, para vender.

No oitavo mandamento (Verdade e bom nome), que é sobre mentir, inventar coisas e mexericar (tá lá: tenho pecado por mexerico?), eu também estava bem na semana. **Politicamente** correto.

Voltando para a primeira página da caderneta, está escrito lá: "É de suma importância que os senhores pais ou responsáveis examinem a cada dia a Caderneta Escolar."

Depois um aviso para nós, alunos e pecadores:

"Meu amigo:

– a tua caderneta é o espelho da tua vida escolar.

– é o índice de tua educação.

– é um documento para o presente e o futuro.

– tem, pois, com ela o máximo cuidado.

Sabe-se, pois, que a Caderneta com escritos, adulterações, rabiscos, garatujas ou rasuras, será inexoravelmente inutilizada; e a caderneta de substituição, por penalidade, se adquirirá pelo duplo do preço."

Na página 100, a última, as derradeiras advertências aos alunos:

– anda correto nas ruas

– saúda teus mestres

– engraxa teus sapatos

– não escrevas nas paredes ou nos móveis

– não toque no giz sem ordem do professor

– não brigues nunca!

– não atires pedra

– não fumes! o fumar nunca faz bem à saúde

– não te assentes a toda hora, em qualquer lugar.

Moço! Respeita a tua mocidade!

Minhas politicamente

Ciência dos fenômenos referentes ao Estado; ciência política.

Não existe nada mais antigo que a tal da concepção de Esquerda e Direita para os nossos políticos. Em primeiro lugar, porque é difícil saber hoje em dia, no Brasil, quem está de que lado. Tem gente chutando com as duas, jogando no meio de campo, atacando e se defendendo como pode. Em segundo lugar, porque os políticos brasileiros poderiam ser divididos em outras categorias, mais de acordo com eles mesmos. Corruptos e não-corruptos, honestos ou desonestos, coerentes ou incoerentes e outros adjetivos. Masturbadores ou platônicos. Mesmo porque, no plenário, ninguém se conserva nem à Direita, nem à Esquerda (como na conservadora Inglaterra) e sim, embolados lá na frente, numa gritaria de campos de futebol em jogo de clássico. Sai até porrada. Com a (mão) Direita ou com a Esquerda, sem nada de ideológico nisso.

Mas é sempre interessante pensar sobre a Esquerda e a Direita, nos dias de hoje.

Vocês já notaram que quem trabalha mesmo é a Direita e a Esquerda fica sempre na dela, na maciota? Às vezes levando a fama, às vezes CUTucando com a vara curta?

E não é de hoje. Observem uma pessoa a tirar água num poço. Quem fica girando a manivela do sarilho é a Direita. A Esquerda fica apenas alisando a corda, numa boa.

Quem é que penteia o cabelo? A Direita. A Esquerda fica numa coadjuvância, dando uns tapinhas, armando um possível topete. Aliás, a Esquerda sempre curtiu um certo topete.

Quem é que dirige o carro? É a mão Direita. Manobras, câmbio. A mão Esquerda fica encostada na janela, relaxada, tomando um solzinho. E a perna Esquerda que apenas empurra a embreagem? Quem trabalha mesmo é a Direita, que acelera, que freia. Hoje em dia, nos países do primeiro mundo, com a invenção do carro hidramático, suprimiram de vez a função da Esquerda. Nos EUA a Direita é quem faz tudo.

Até na masturbação, a Direita trabalha muito mais. A Esquerda, no máximo segura a *Playboy* tremulamente.

Quem é que pisca? A vista Direita. Enquanto a Direita se esforça para ficar se abrindo e fechando, a Esquerda fica de olho arregalado, na paquera, talvez. Tem gente que pisca com a Esquerda também, mas é muito mais complicado.

Na hora da impressão digital, as autoridades exigem o dedão da Direita, que fica todo sujo. Neste caso, depois, a Esquerda ajuda na limpeza da sujeira.

E quando fazemos o sinal-da-cruz com a Direita, a Esquerda fica na dela para, apenas no final, juntar as palmas das mãos, como que agradecendo o trabalho da outra, a Direita. E por falar nisso, de que lado estava o Bom **Ladrão**? À direita ou à esquerda de Cristo?

No jogo do baralho então é impressionante. A Direita tem que comprar as cartas, descartar, fumar o cigarro, pegar o copo, criar climas. E a Esquerda? Fica o tempo todo na dela, apoiada no cotovelo, segurando as cartas, como se nem estivesse ali, esperando que a Direita introduza ali a carta certa, a boa, a da vez.

O próprio Aurélio, que a gente folheia com a Direita, diz que o canhoto é o "inábil, desajeitado, desastrado", não poupando elogios para o verbete destreza: "habilidade, aptidão, sagacidade, astúcia". Fecha-se o dicionário com a Esquerda.

Tudo isso foi resultado de um papo de bar com o meu amigo e excelente ator Norival Rizzo, noites dessas, no Domani. Mas, ao terminarmos toda essa elucubração, segurando ainda os copos com as Direitas, nos lembramos do perigo da extrema Direita (vide Oklahoma) e constatamos felizes que tanto o coração dele, como o meu e como o seu estão na Esquerda. Já é alguma coisa direita.

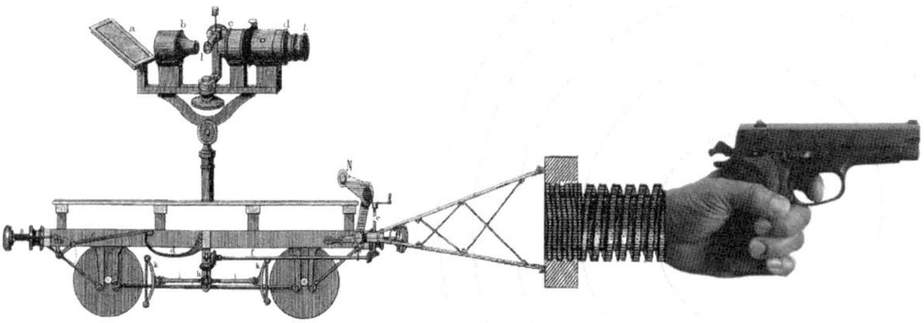

Minhas ladrão

Aquele que furta ou rouba; gatuno, ladro, larápio, rato, amigo do alheio.

Definitivamente não se fazem mais ladrões como antigamente. Meneghetti, Sete Dedos. Eram homens de bem, conhecidos, respeitados. Poucos, mas bons. Profissionais. Alguns assaltavam de terno e o colarinho não era branco. Sapatos engraxados.

Em primeiro lugar, não eram assassinos. Não entravam nos lugares dando tiro pra tudo quanto é lado. E nem estupravam. Muito menos batiam. Respeitavam as vítimas. Um deles, o Bandido da Luz Vermelha, andou transando com algumas das assaltadas. Mas porque era belo, educado, sabia fazer a coisa. Muitas se apaixonavam por ele. Pediam para ele voltar. Eram ladrões de primeiro mundo, primeiro time. Gente fina mesmo.

Os ladrões de antigamente apenas roubavam casas. Usavam pé-de-cabra, lanterna e máscaras. Quer coisa mais romântica do que um ladrão de máscara? Mas não eram essas meias de mulher que os ladrões de hoje usam. Eram máscaras mesmo. Como as do Zorro. Preta, cobrindo só o rosto. A boca livre para o diálogo, um sorriso e um muito obrigado. Alguns, mais sofisticados, usavam máscara dourada. O Brasil era um baile à fantasia, naquele tempo.

Eram profissionais da gatunagem. Agiam sorrateiramente, como gatos. Daí o simpaticíssimo nome de gatunos. Ou larápios. Ou, para ir mais longe, amigo do alheio. E não inimigo, como hoje em dia. Eram respeitados pelos vizinhos. Tinham família, pagavam imposto de renda. Não se drogavam. Não roubavam dos pobres e nem dos camelôs.

Eram organizados. Faziam planos, estudavam a casa a ser assaltada, trabalhavam só na calada da noite, de preferência com lua cheia. Eram hábeis, não arrebentavam nada, não quebravam. Fechavam a gaveta, depois. Respeitavam datas cívicas, o **natal**.

Também assaltavam bancos. Mas sem seqüestros, tiroteios ou tapa na cara. Vez ou outra, um trem pagador. Alguns, nem armas usavam. Era no gogó mesmo.

Naquele tempo a prisão de um ladrão era caso raro e bem noticiado. Ele dava entrevistas de cabeça erguida e não falava menas. Tinha – aqui no Brasil – ladrão de origem italiana, japonesa e até argentinos.

Eram poucos os nossos ladrões. E eram presos, julgados e condenados. Tudo dentro da lei, da ordem e do progresso.

Hoje são muitos os nossos ladrões. E não são presos, nem julgados e nem condenados. Vários deles são candidatos a cargos públicos e eleitos. E ai de quem chamar algum deles de nefasto. Esse sim é condenado.

Hoje usam colarinho branco ou azul clarinho. Não roubam mais casas e nem usam máscaras, apesar de serem mascarados e nunca desmascarados.

Hoje temos dois tipos de ladrões no nosso Brasil. O que rouba milhões e o que rouba migalhas. Os primeiros, profissionais. Os segundos, a cara do país. São incapazes de roubar um toca-fitas sem destruir todo o painel do carro. Não conseguem nada sem porrada. Tremem na hora do trabalho. Matam por migalhas. Fazem cocô no meio da sala, só de sacanagem. Amadores com dor de barriga.

Os ladrões dos milhões são bem mais sofisticados. Matam indiretamente. Jamais apertam um gatilho. Preferem supervalorizar obras. Como viadutos, que servem para abrigar os ladrões das migalhas.

Não se rouba em quantias, mas sim em porcentagens. Não usam mais o pé-de-cabra, nem são mais cabras da peste. São apenas uma peste.

Minhas natal

Onde ocorreu o nascimento.

FELIZ NATAL.

Próspero Ano-novo.

Tudo de bom para você.

Passei na vitrine, olhei, achei a tua cara.

Tinha certeza que era você o meu amigo secreto.

No ano que vem vou fazer regime.

Imagine, não precisava se preocupar.

Coube direitinho.

Pode trocar, se não servir.

Só isso, pai?

Nossa, como este ano passou rápido.

Não tinha o seu número, infelizmente.

Foi um ano difícil.

Deus te ouça.

Saúde pra dar e vender!

Olha só o que eu ganhei.

Nossa, como eles cresceram!

Discurso, discurso!

Não sei como agradecer.

Juro que eu não esperava isso.

No ano que vem vou parar de fumar.

Gente, tou completamente bêbado.

Este peru é Sadia?

Alguém viu o quebra-nozes?

Meu, que ressaca!

Você viu a pobreza do presente que o chefe me deu?

Juro que nunca mais bebo. De estômago vazio.

No ano que vem eu passo, mãe.

Esse verão vai ser de matar.

Que horas são? Já?

Alguém viu o meu filho por aí?

Se você não for bonzinho, no ano que vem o Papai Noel não vem.

Quem foi que sentou no bolo?

Onde foi que você comprou esse uísque? Sei não.

Pior que esse não vai ser.

Quem vai buscar mais cerveja?

O meu presente sumiu! O meu presente sumiu!

O médico disse que você não pode beber, vó.

Quem foi que vomitou na escada?

Isso que é vinho!

Hoje é Natal, conversa com o seu irmão, meu filho.

Vamos rezar agora. Todo mundo de mãos dadas.

Que horas que é a São Silvestre mesmo?

Pior é que, no ano que vem, o Natal e o Ano-novo caem no domingo.

O pessoal tá fumando lá no **banheiro** de cima.

Alguém tem uma bic aí?

Me disseram que não foi hoje que Jesus nasceu.

O shopping estava assim de gente.

E os preços, então? Gente, acabou o uísque.

Estou morrendo de sono.

Quando é que cai o carnaval?

Puxa, não te via desde o ano passado.

As crianças estão passando com a mãe.

Vai pra onde?

Cadê o balde de gelo?

O que eu não agüento são essas musiquinhas.

É melhor você não ir guiando, meu filho.

Se você continuar guiando assim, eu desço.

Não desce não, que é você quem está guiando.

Boa noite.

Feliz Natal.

Me passa o celular.

Próspero Ano-novo!

Tem um Engov aí? Aliás, me dá dois.

Minhas banheiro

Aposento com todo o aparelhamento de banho.

Quero comprar um apartamento de três quartos, sem suíte. Repito: sem suíte. Impossível. Ontem mesmo começaram a construir um de quatro quartos aqui bem na frente do meu. Quatro suítes. Será que não se fabricam mais apartamentos e casas como antigamente? Com um só banheiro, comunitário, grande, todo branco de chão vermelho, com janelas para as mangueiras, com banheira grande, branca como devem ser as banheiras?

O que será que está mudando nesta nossa moderna sociedade de consumo? O brasileiro, de uns tempos para cá, vem defecando mais? Não digo as defecadas federais, nem as estaduais, nem as municipais. Estou me referindo à nossa defecadinha honesta de todo o dia, pessoal, íntima.

Ou será que foram os arquitetos que perderam o senso do ridículo?

O mais interessante é que, antigamente, as famílias eram bem maiores, tinham-se mais filhos. E banheiro, um só. Ladrilho vermelho encerado ou com vermelhão. Ali se faziam as necessidades e se tomava banho. Tinha horas do dia que se fazia **fila** para entrar em banheiro. Hoje, fila de banheiro, só em festinha para se dar uma cafungadinha.

Os banheiros tinham janelas. Não era necessário nenhum perfume artificial para se combater o cheiro de cada um. O banheiro tinha um cheiro característico dele, uma mistura de pasta de dente com sabonete Gessy. Hoje, como os banheiros são mínimos, sente-se cheiro de tudo. Principalmente das nossas necessidades fisiológicas. Os banheiros são pequenos cubículos, caixas de cheiro duvidoso. Dentro da latrina já se coloca um baratinho, depois, joga-se não sei o que lá dentro. E, dependendo do almoço ingerido, ainda se tem que dar umas borrifadas deste ou daquele produto.

Antigamente um rolo de papel higiênico dava para uma família, semanas. Hoje, gasta-se muito mais. Não sei por que andamos nos sujando tanto. Vocês já notaram, nos carrinhos de supermercados, a quantidade de papel higiênico que as donas de casa compram? E tem mais: tem papel higiênico que já vem perfumado. Pessimamente perfumado, mas perfumado. Claro, nesta caixa que se tornou o banheiro, por onde vai sair o cheiro?

E quando a namorada é nova, você dorme com ela, acorda no dia seguinte e vai fazer o seu serviço e aquele cheiro fica a invadir o seu quarto e ela, que também está a fim de ir lá, disfarça na cama, fica fazendo hora, porque sabe que a barra está pesada lá dentro? Sei de casos que terminaram na primeira manhã de amor.

E fazer amor debaixo do chuveiro nestes apartamentos cheios de suíte? Já tentaram? Impossível. Os boxes são feitos só para um e olha lá. Para se abaixar para pegar um sabonete no chão teme-se ferir o bumbum na maçaneta. Se você senta-se na privada não pode abaixar a cabeça porque senão bate na pia. E, no bidê, tem-se que fazer ginástica para lavar qualquer parte chamada pudenda. Hoje, os bidês parecem mais com bibelôs de porcelana. E aquelas suítes que não têm esguicho no bidê e então você tem que puxar o chuveirinho do chuveiro, atravessado ali naqueles dois metros quadrados. Corre-se o risco de tropeçar nele e bater a cabeça na torneira da pia.

Saudades da fila do banheiro. Ou quando a mãe mandava tomar banho, era aquela gritaria: primeiro! Sou o último! Vai, menina, não agüento mais! Mãe, o fulano está demorando muito! Ou, como aconteceu com uma amiga minha que, na pré-adolescência, foi reclamar com a mãe que tinha visto vários espermatozóides do irmão andando pelos ladrilhos do banheiro.

Enfim, as suítes que estão nos vendendo são mais um motivo para a desagregação da família. Estão isolando pais de filhos, irmãos de irmãs. Antigamente, a família que defecava unida era muito mais unida.

Minhas fila

Fileira de pessoas que se colocam umas atrás das outras, pela ordem cronológica de chegada a um ponto de embarque em veículos urbanos, a guichês ou a quaisquer estabelecimentos onde haja grande afluência de interessados.

A fila é um sofrimento. É mesmo? Depende como você encara uma fila. Em primeiro lugar, você não pode levar a fila a sério. Existem filas e filas. Uma fila de banco, por exemplo, é completamente diferente de uma fila de padaria. Uma fila de campo de futebol não tem nada a ver com a fila do supermercado. Senão, vejamos.

A pior fila, no consenso geral, é a fila do banco. Sim, você começa a sofrer com ela no dia anterior. Amanhã vou ter que ir ao banco. E você já dorme com aquela fila na cabeça. Sonha com ela. Ela vai até à rua. Ninguém está feliz na fila do banco. Já notou? O sujeito que está ali está sofrendo. Já chega sofrendo. Ele sabe que vai sair dali um pouco mais pobre, no mínimo.

Mas o pior na fila do banco é que a gente, que está mais atrás, olha a quantidade de papelzinho que o da frente tem na mão e logo pensa: isso vai longe. E quando a menina do caixa pede licença e sai para obter uma orientação da gerente lá na outra sala? Todo mundo olha no relógio. E a inveja que a gente fica do segundo da fila? Dá vontade de matar o sujeito. E aquele que disfarça? Está só com um papelzinho na mão. Mas quando chega na vez dele, abre uma pasta. Uma pasta! De repente você começa a observar as pessoas na fila e nota que são todos boys, empregadas ou secretárias. Só você é "normal" ali. Quem mandou ser pobre?

Vamos para a padaria. A fila é completamente diferente. Normalmente são pessoas que estão ali para comprar alguma coisa para aquela noite mesmo. É uma delícia ficar ali na fila observando, **corpo** todo torcido. Ali você logo descobre se a pessoa é solteira ou casada, se mora sozinha ou não. Os hábitos de cada um. Existe solidão maior que a daquele senhor que está levando uma (uma!) cervejinha para tomar em casa? Já a mocinha leva uma coca light e um (um!) pãozinho. E aquela senhora que veio comprar um rolo de papel higiênico? O garoto deve ter convencido a mãe para levar aquele sonho de valsa. Ele está babando, olha lá. E aquele sujeito com cara de hippie que está levando leite para casa? Já aquela mocinha tem bebê em casa. Leite Ninho debaixo do braço. Olha lá o alcoólatra. Uma garrafa de uísque. Nacional! A noite promete. Aqueloutro vai apenas pagar a coxinha com cafezinho. Está jantado? O outro é fumante. Leva logo um pacote. Aquele é um bom pai. Paga a cachacinha dele, mas leva quitutes para a esposa e os filhos. Coitadinho do senhor que comprou uma (uma!) camisinha. Quais seus planos?

Já a fila para comprar ingressos do jogo é outra coisa. Ali ninguém está normal. Ou está tenso ou eufórico. Sua principal preocupação é com o fura-fila. Seu pescoço parece um periscópio. Ai de quem furar a fila! Não encoxa! Não encoxa! O palavreado também difere muito das demais filas. Ali ele solta a franga, preparando-se para xingar o juiz.

Mas a melhor fila para se curtir, para entender e conhecer o caráter, o nível social das pessoas, é a fila do supermercado. Nada como ficar ali com o seu carrinho, recurvado, observando o que as pessoas tiram dos seus carrinhos. Ali vai uma vida inteira. Você fica sabendo de tudo da pessoa. Tudo. Seus gostos, suas manias, seus desejos mais íntimos. Cada carrinho daquele carrega uma vida inteira. Ou mais de uma vida. Ali vão coisas para a compradora, para o marido dela, para os filhos dela, para a vovozinha dela. E ali mesmo, você fica sabendo se ela tem cachorro ou gato em casa. E se os trata bem. Sem contar aquele veneno para ratos. E fica sabendo também, pela quantidade, se o super é para um dia, uma semana ou é mensal. Bem, pela quantidade de papel higiênico, a coisa vai longe.

Tem a fila do cinema, onde você fica torcendo para não passar nenhum desmancha-prazer que está saindo da sessão anterior fazendo comentários sobre o filme. Tem a fila do exame de fezes, todo mundo com uma caixinha na mão, sorrindo sem graça. Tem a fila de contas atrasadas, desagradabilíssima: você sabe que todo mundo que está ali, por um motivo ou outro, não pagou no dia.

Toda fila tem seus encantos (basta saber curtir). Menos a fila da fome, no Nordeste, esperando comida. Não dá para olhar para a foto (na primeira página dos jornais) daqueles brasileiros e fazer brincadeira. Aquela fila é uma coisa muito séria, gente.

Minhas corpo

A parte material, animal, ou a carne, do ser humano, por oposição à alma, ao espírito.

O que eu mais gosto, quando compro um carro zero, é ler o Manual de Instruções. É melhor que ler bula de remédios para a cabeça. No Manual está tudo explicado, claro, definitivo. Você fica sabendo como cuidar do seu carro para que ele viva vários e vários anos.

Fico pensando que nós e o nosso corpo humano também deveríamos ter um Manual de Instruções, para a gente se cuidar. Algo parecido com os manuais dos carros. Por exemplo: assim como se ensina a trocar um pneu, o Manual de Instruções do Corpo Humano (o MICH) poderia muito bem ensinar a gente a trocar a própria perna, evitando, assim, ida a médicos e hospitais. Além das filas e economia de tempo e dinheiro.

Antes de ensinar você a trocar a própria perna, alguns avisos:

– Parabéns, você está de posse de um novo corpo. Desejamos que ele lhe traga todas as satisfações que imaginou, ao escolhê-lo.
– O tempo que você irá dedicar à leitura deste manual será amplamente compensado pelos ensinamentos e as novidades técnicas que irá descobrir.

– Se algum item não for suficientemente claro, os técnicos dos Distribuidores que formam nossa rede terão o prazer de lhe fornecer qualquer dado complementar que deseje obter.

– Todas as instruções contidas neste manual são de vital importância para sua segurança e para garantir longa vida ao seu corpo.

Segundo o MICH, a troca de uma perna seria assim:

1 - O macaco e a chave de perna estão no interior do compartimento chamado de médio glúteo, na parte traseira do corpo.

2 - O macaco está alojado por cima da bacia. Para extrair-lhe, afrouxar ligeiramente seu nervo de fixação e deslocar-lhe para cima; depois livrar-lhe do seu suporte inferior. Em alguns corpos o macaco está protegido com uma cobertura que é necessário retirá-la previamente.

3 - A chave de perna está prendida acima da coxa esquerda.

4 - A perna de reserva encontra-se na parte traseira inferior do corpo, dentro de um orifício.

5 - Para ter acesso à mesma:

6 - Afrouxar a porca 1 utilizando a chave de ossos; previamente desprender também as cartilagens.

7 - Puxar horizontalmente e para trás do gancho de segurança 2 e baixar o suporte próximo à **bunda**.

8 - Para reinstalá-la, inverter as operações anteriores.

9 - Para imobilizar as pernas, aplique o freio de estacionamento.

10 - Para imobilizar os braços, coloque a alavanca de mudanças na primeira marcha.

11 - Afrouxar ligeiramente os ossos do joelho: retirar previamente a pele com a mão ou com a chave de ossos; para isso, introduzir o extremo em um dos orifícios da periferia.

12 - Para levantar o corpo, coloque o macaco horizontalmente e insira a aleta móvel 1 da sua cabeça em quaisquer dos orifícios 2 situados na parte inferior do corpo (o mais próximo à perna que vai ser substituída).

13 - Comece a girar o macaco com a mão até apoiar a sua base no solo (levemente debaixo do corpo). Sobre uma superfície suave, coloque entre esta e a base do macaco uma prancheta.

14 - Introduzir a extremidade da chave de ossos na guia 3 do macaco e gire algumas voltas até separar a perna do solo.

15 - Remova os ossos.

16 - Retire a perna.

17 - Instale a perna de reserva abaixo da bacia e gire-a até fazer coincidir os orifícios de fixação do corpo com o osso da perna. Colocar de novo a pele.

18 - Posicione bem os ossos e depois abaixe o macaco.

19 - Com o corpo sobre o solo, ajuste definitivamente os ossos, levante a cabeça e tenha uma boa viagem!

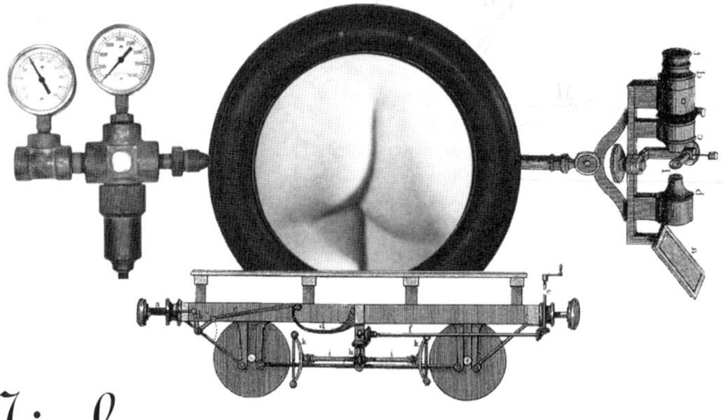

Minhas bunda

A parte carnosa do corpo formada pelas nádegas.

A principal diferença entre a revista *Playboy* americana e a *Playboy* brasileira é a língua? Errado. É a bunda.

Na americana, temos seios, úberes, verdadeiras tetas que mal cabem nas páginas duplas. Na nossa, temos bundas. Bundinhas de penugem loira, bundinhas de contorno marrom, até bundinhas cor-de-rosa.

Americano não gosta de bunda? Eu diria que americano não conhece a bunda. Aliás, no mundo inteiro, não existem bumbuns como os nossos, ou melhor, como as nossas. A bunda é um produto interno e bruto tipicamente brasileiro. Às vezes, a revista americana faz edições especiais sobre seios. Aqui, fazemos verdadeiros compêndios sobre (e sob) bundinhas. Narcisamente, o brasileiro adora a própria bunda.

Mas de onde veio a nossa bunda? Não das alvas portuguesas, muito menos das esparramadas italianas e, menos ainda, das desbundadas japonesas. Muito menos das amassadas índias. Sempre me intrigou esta tanajúrica pergunta. Quem arrebitou com pincel de ouro, com formão de prata, a bundinha brasileira?

Tinha essa dúvida até conhecer Cabo Verde, um país de dez vulcânicas ilhas na costa oeste da África. Quase fora do **mapa**. Foi lá que tudo começou.

O país tem, atualmente, mais ou menos, 300 mil bundas ambulantemente espalhadas pelo arquipélago. Bundas livres de Portugal desde 1975. E a bunda brasileira, antes de chegar aqui, passou por lá, vindo do continente africano. Ou seja, foi lá que inventaram a fórmula, o contorno quase lúdico, o molde mais que esteticamente perfeito. A bunda politicamente correta. Tenho certeza dessa afirmação e vou tentar provar.

Foi em Cabo Verde que surgiram as primeiras mulatas. Apesar de a palavra mulata ter origem espanhola, o conteúdo foi uma criação dos ingleses, holandeses e dos franceses que por lá passavam desde o começo do século XVI, com seus navios negreiros trazendo escravos para o Brasil. Lá era o point no meio do Atlântico. E lá os brancos deixaram o sêmen (do latim ***semen***, que significa semente) para a fabricação das mulatas com suas respectivas bundas. Gostavam tanto das cabo-verdianas que Sir Francis Drake, pirata-mor daqueles tempos, chegou até a saquear o país em 1590 a mando da tal Companhia das Índias Ocidentais. O saque durou sete anos e milhares e milhares de sementes foram im(plantadas). Tinham sacado a bunda.

Esta mistura deu a cor atual das nativas. Não são negras como as vizinhas senegalesas, são marrons. Ou castanhas, como preferem elas. E lindas. As cabo-verdianas são lindas. Uma espécie de Sônia Braga bem queimada. Olhos claros como dos piratas bisavós. Uma porção de Patrícia França.

Fica difícil descrever a bunda das mulheres de Cabo Verde. Tem que ver para crer. São Tomé não acreditaria em seus próprios olhos. Mas olhando uma delas passar, você percebe que ela está no doce balanço a caminho do mar (do Brasil).

Um dia estava com um amigo português, o cineasta Paulo de Souza, especialista em cinema africano, numa praça de Mindelo, a capital intelectual do país e das bundas (a capital do país chama-se Praia, pode?). Eis que passa na nossa frente uma bunda vestida com uma minissaia verde, justa. Justíssima. Não tivemos dúvida. Seguimos a bunda por vários quarteirões, em homenageante silêncio, até que ela entrou numa casa e nós voltamos para a praça sem a necessidade de dizermos nenhuma palavra um para o outro. Era uma obra-prima da natureza aquela menina. De noite, lá pelas duas da manhã, estou eu no meu hotel a dormir e batem na porta. Era o Paulo que havia ido a uma boate. Estava trêmulo, suado:

– Vem, vem, lembra daquela bunda?

– Estava sonhando com ela.

– Veste, veste! Ela está na boate. A bunda está dançando na boate!

E lá fomos nós dois para a boate. Não só a "nossa" bunda de verde (agora num fulgurante amarelo) dançava, mas uma infinidade delas. Que espetáculo.

Só que, no princípio era o verbo e não a carne e, naquele tempo, na época do tráfico dos escravos, quando surgia a bunda no meio do Atlântico, qual ilha vulcânica, a bunda ainda não se chamava bunda. Como aliás, até hoje em Portugal não se chama. Bunda só no Brasil. Em Portugal a bunda é um cu.

Mas foi na mesma África que fomos buscar a sonoríssima e mais do que adequada palavra bunda. Diz a lenda que a origem seria das danças dos africanos. Ficavam as mulheres dançando no meio e o crioléu em volta batendo tambor e fazendo som com a boca: bun-da!, bun-da! Mas isso é lenda. Na verdade, a palavra veio da língua quimbundo (kimbundu), da palavra bunda (mbunda, tubundas, elebunda?), lá para os lados de Angola, local onde viviam os bantos, raça negra sul-africana à qual pertenciam, entre outros, os negros escravos chamados no Brasil angolas, cabindas, benguelas, congos, moçambiques.

Nós, brasileiros e cabo-verdianos, nascemos com a bunda virada para a lua.

Minhas mapa

Representação, em superfície plana e em escala menor, de um terreno, país, território, etc.; carta geográfica.

Ganhei um mapa do Mateus. Um mapa-múndi. Imenso, obra da *National Geographic*. Grande, como convém a um mapa-múndi. Abri o distinto em cima da mesa de jantar. Pousou solene. E olhei para ele.

Claro que eu já tinha olhado para vários mapa-múndis (ou seriam mapas-múndi?). Olhado. Mas nunca tinha parado para observar mesmo.

Pra valer. Pra preencher esse espaço aqui, é preciso muita água e muita terra.

A primeira coisa que descobri é que o múndi tem acento.

Fui percebendo aquelas coisas óbvias, como se chegar a América do Sul perto da África, encaixa direitinho. Talvez venha daí a história da Mama África. Porque abraça mesmo. Acolhe gostoso.

Viajando, percebe-se que a mesma hora aqui do Brasil é a mesma hora de um bom pedaço da branquíssima Antártida. Aqui em São Paulo, agora, é a mesma hora que em Geleira de Base. Deve ser de lá que vem o nosso frio. Passa pela Argentina antes, que é só para os me-te-oro-lo-gis-tas (consegui?) afirmarem que "vem aí uma frente fria da Argentina". Deve ser por isso que o brasileiro não engole o argentino. Porque toda vez que faz frio, é coisa da Argentina, de argentino. É como se eles fizessem de maldade mesmo.

E essa mesma hora, agora por exemplo, é a mesma lá na Groenlândia. Você jamais poderia imaginar uma coisa dessas, eu sei.

A África, por exemplo, não é mais a mesma. Mudaram o nome de quase tudo. Tudo bem que aqueles países tinham que se libertar dos ingleses, dos belgas, franceses e portugueses. Mas precisava mudar o nome? Quer nome mais bonito de país do que Congo Belga? É de uma sonoridade quase musical. E musical africano, claro, com o congo batendo o ritmo. E belga. Eu não sei bem por que, mas tudo que é belga eu já acho legal. Você já viu alguma coisa belga, ruim? Belga não enche o saco de ninguém. Não dá o mínimo trabalho. Não cria caso. E aquele canário belga que o seu pai tinha na gaiola?

Olhando assim a uma certa distância, dá para perceber que não é só a África que se encaixa na América do Sul, não. Se puxar a Europa toda muito bem puxadinha, ajusta lá com Nova Iorque. Atravessa o Tejo e está em Manhattan.

As dez ilhas de Cabo Verde fariam parte de Cuba. Provavelmente meu amigo, o escritor Germano Almeida, seria ministro da Cultura de Fidel (ou já o teria derrubado?).

E o Alasca, hein? Quer coisa mais fora do caminho do que o Alasca? Pra ir a lugar nenhum passa pelo Alasca. Ninguém faz escala lá. Não deve nem ter hotel. Além de fora de lugar, fica fora do próprio país. Ou seja, não dá para sair do estado de Alasca nem para ir para os Estados Unidos.

O trópico de Capricórnio que, quem diria, passa ali pertinho de Sorocaba, passa também pelo deserto de Kalahari, no Botsuana, ali mesmo, em cima da África do Sul. Seguindo em frente, rasga a Austrália pelo meio. E depois continua por muita água até chegar a Samoa onde cruza com Tonga. Cidade que ficou famosa quando o Vinícius e o Toquinho fizeram a Tonga da Mironga do Kabuletê. Segundo o Toquinho, Mironga e Kabuletê seriam duas cidades no sul africano que são tão pequenas que não tem no mapa-múndi. Mas em mapas só do sul da África, pode procurar que tem: Mironga e Kabuletê. Por isso a música não ser tropical e sim capricorniana.

Fui lá para o cantinho da Rússia ver se achava Vladvostok. Quem é que nunca quis conquistar Vladvostok com seus exércitos de plástico em plena WAR? Ali, se não houvesse algum **acidente** de percurso, a gente estava a um passo de invadir os Estados Unidos pelo Alasca. Ah, por isso que o Alasca foi comprado pelos americanos. Agora ficou claro, olhando aqui no mapa. E o War dava a dica. Jogo de americano, é claro.

Tá lá Uberaba, onde nasci. E não está Lins (Mateus!!!). Mas também não está Linz, onde nasceu Hitler, da Áustria.

Aquela Europa tão apertadinha, tão pequena. Aquela Itália que conquistou o mundo todo.

Fui ver direitinho onde ficava Marrakech. Tá lá, pra lá de Casablanca e antes de Agadir, um filme e uma novela.

Achei Bangladesh, do guru, e Liverpool do Paul, do John e do George. Existe a cidade.

Vontade braba de viajar.

Atenas, a ilha de Creta, Woodstock, Beirute, Damasco, Alexandria. Tá tudo lá. É só procurar e achar.

E ver, talvez tardiamente, que o mundo existe mesmo. Tá na nossa cara e a gente insiste em não olhar para ele. E olhar, infelizmente olhar, cada vez mais, pra gente mesmo.

Acho melhor a gente viajar mais...

Minhas acidente

Acontecimento infeliz, casual ou não, e de que resulta ferimento, dano, estrago, prejuízo, avaria, ruína, etc.; desastre.

Minha amiga Adriana Oddi me mandou isso.

O que você vai ler a seguir são frases colhidas de formulários de companhias de seguros, nas quais motoristas tentam descrever os detalhes de seus acidentes com os comentários mais breves possíveis. O português não foi nem corrigido para garantir a veracidade das declarações.

"O **pedestre** não tinha idéia para onde ir, então eu o atropelei.

Eu vi um velho mole, de cara triste, quando ele caiu do teto do meu carro.

A causa indireta do acidente foi um rapazinho num carrinho pequeno com uma boca enorme.

Eu tinha certeza que o velho não conseguiria chegar ao outro lado da estrada, então eu o atropelei.

Eu disse à polícia que não estava machucado, mas quando tirei o chapéu, percebi que havia fraturado o crânio.

Eu fui atirado para fora do meu carro quando ele saiu da estrada. Mais tarde, fui encontrado numa vala por vacas perdidas.

Eu pensei que a minha janela estava aberta, mas descobri que estava fechada quando botei a cabeça para fora.

Eu bati contra um carro parado que vinha em direção contrária.

Um caminhão deu ré pelo meu pára-brisa, direto na cabeça da minha mulher.

Eu saí do acostamento, olhei para a cara da minha sogra e caí pela montanha abaixo.

O cara estava por tudo quanto era lado da estrada. Eu tive que desviar uma porção de vezes antes de atropelá-lo.

Eu vinha dirigindo já há 40 anos quando dormi no volante e sofri o acidente.

Um carro invisível veio de não sei onde, bateu no meu carro e desapareceu.

Meu carro estava estacionado legalmente, quando ele foi de ré no outro carro.

Eu estava a caminho do médico com um problema na traseira, quando a minha junta universal caiu, causando o acidente.

De volta para casa eu entrei com o meu carro na casa errada e bati numa árvore que não é minha."

Minhas pedestre

Pessoa que anda a pé; peão.

Favor não confundir com pederasta como fez aquele prefeito gaúcho ao inaugurar um viaduto.

O pedestre é, antes de tudo, um duro. E anônimo. Sei que isso é o óbvio. Quem tem dinheiro não anda a pé. E famoso não se atreve a ser pedestre. Ou você alguma vez viu o Maluf descendo a Augusta para comprar Henne Maru? Ou o Roberto Carlos tomando sorvete na Praça Buenos Aires? De sandálias, ainda por baixo?

Eles se dividem em duas grandes classes: os pedestres locais, ali da cidade, e os pedestres que chegam de fora. É fácil reconhecer o pedestre de fora: olham para o alto e pisam no cocô. Já o pedestre local olha para o umbigo e pisa na grama. E mete o pé na jaca.

De quanto mais longe vem o pedestre, pior pedestre é. São os mais atropelados. Vide nordestinos. Atravessam a rua como se o bode estivesse a léguas de distância. Mas pior que esses são os pedestres machões. Eles sabem que o carro está vindo e continuam na mesma, na sua. Ele faz o motorizado diminuir a velocidade. Ficam – sei lá por que – felizes com isso. Não são muitos. Morrem cedo. Atropelados.

A pedestre gostosa é aquela que acha que é gostosa. Também causa acidentes, mas nunca é a vítima. Sim, porque a verdadeira gostosa não desfila impunemente. Sua meta é parar o trânsito.

Tem o pedestre armado e o desarmado. Normalmente o primeiro leva vantagem sobre o segundo. Só mesmo um sujeito muito pobre pode ser um pedestre assaltante. E, ainda por cima, vai assaltar um pedestre mais pobre ainda.

O pior pedestre é o que tem vergonha de o ser. Anda rodando um chaveirinho pela calçada. Geralmente assoviando um sambinha antigo.

Mas o que mais me impressiona nos pedestres, qualquer que seja ele, é que ele sempre sabe para onde vai. É determinado, o pedestre. Ele não está ali passeando. Está pedestrando. Tem um destino. Pode vir na sua direção ou te ultrapassar, mas está sempre indo para algum lugar. É incrível, mas todos sabem para onde estão indo. Só não estão indo quando estão voltando.

Eu fico olhando aqui da minha janela e me perguntando: onde é que aquela gorda vai a esta hora? E aquele menino, está voltando de onde? Aquele homem de terno e gravata deve ser um falso pedestre. Pedestre que é pedestre não usa gravata nunca.

E, para ser pedestre completo, com carteirinha do sindicato e tudo, todo pedestre deve levar um embrulho debaixo do braço. Ou sacola de plástico. Uns exageram: levam os dois. E ainda fumam.

O pedestre já foi homenageado com várias frases. Um pé lá e outro cá. Se a montanha não vem a Maomé, Maomé vai à montanha. Vai tirar o pai da forca? E é claro que tem o pedestre pé-quente e o pé-frio. Afinal, pernas pra que te quero?

Estou escrevendo este monte de bobagem porque ando meio duro e anônimo. Ou seja, sem carro. Tenho andado por esta São Paulo afora e observado mais atentamente meus e minhas companheiras de labuta, pé ante pé. Tem o apressado, o suado, o que acabou de sair do banho (aonde vai tão cheiroso?), o medroso, o assustado, o curioso, o que anda olhando para o **umbigo**, o que chuta tampinha, o que chuta tampinha mesmo quando não tem tampinha.

Estou escrevendo este monte de bobagens porque tenho pensado muito nos carteiros. Pedestres profissionais por excelência. Hoje em dia, duvido que tenha uma criança que queira ser carteiro quando crescer.

E nenhum pai deve estar pensando: quando crescer esse menino vai ser um carteiro e tanto.

Sim, vovó Maria, os carteiros, simpáticos e amarelinhos, estão sendo metralhados por bites e sites. Não sobrará um para contar a história. Sim, porque numa cidade como São Paulo, dentro de mais umas duas ou três Câmaras como esta, ninguém sairá mais à rua. Nem os cachorros. Nem pomba. E passarinho vai voar de costas.

O início do milênio marca o fim dos carteiros. E dos pedestres. Nunca mais saberemos para onde estamos indo. E nem de onde estamos vindo.

Ainda diremos aos nossos netos: saudades do tempo em que eu saía na rua e pisava num cocozinho amigo, honesto, civilizado.

Coisas do século passado, é claro.

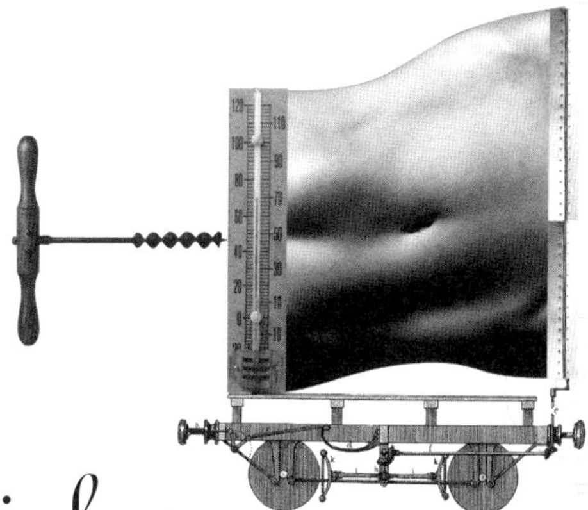

Minhas umbigo

Cicatriz no meio do ventre, originada pelo corte do cordão umbilical.

Você já fez, alguma vez, uma endoscopia? Nem sabe o que é isso? É o seguinte: eles enfiam um trequinho, um cabo com uma câmera de televisão pela sua boca, garganta adentro, e ficam bisbilhotando o seu esôfago, o seu estômago e vão até o duodeno. Tudo isso com **controle remoto**.

Recomendo, por dois motivos: primeiro que você fica se conhecendo melhor. Fica íntimo do seu interior, participa de uma intimidade interior e sua que você jamais poderia imaginar, e fica por dentro de você mesmo. E, em segundo lugar, porque, para que as suas estranhas entranhas apareçam na TV (a cores), te dão uma injeção na veia que é, no mínimo, interessante.

É muito engraçado e rico ficar numa sala de espera onde todos serão esofagogastroduodenoscopizados. A palavra oficial é essa. Tente repetir. Todos entram valentes, garbosos e falantes. Firmes. E saem, 15 minutos depois, totalmente drogados, cambaleantes, o olho paradão, sem mesmo saber o rumo de casa. Lembra do lança-perfume? Mais ou menos aquilo. Só que dura mais. O barato aplicado é um terço de Dolantina, um terço de Diazepan e uma talagada de Buscopan. Na veia. Bate na hora.

Dois dias depois você vai buscar o resultado e está lá o cenário da sua novela interna, a vida íntima de personagens com quem lidamos diariamente e pouco sabemos deles.

Ficamos sabendo coisas interessantíssimas sobre o lado de dentro da gente. Por exemplo, o meu esôfago tem boa expansibilidade e calibre conservados. Tenho orgulho disso. Calibre conservado a álcool, provavelmente. Fiquei sabendo também, incrédulo, que tenho a mucosa esbranquiçada e espessada, principalmente em um terço distal. E mais: não há erosões ou úlceras, nem hérnia hiatal às manobras de esforço abdominal. Deve ser o seguinte: posso fazer abdominais tranqüilamente, que o esôfago garante.

Vamos agora para a cena seguinte: o estômago, que, segundo o relatório, estava em boas condições para o exame, com o lago mucoso claro, sem resíduos alimentares. Não é poético saber que temos, lá dentro, um lago? Mucoso, mas lago. À manobra de retrovisão, o fundo e o cárdia não apresentam alteração. O que a doutora quis dizer com isso é que ela fez uma tomada de câmera complicada; deve ter dado um zoom nas minhas pregas. Sim, porque, logo a seguir, me informa que o pregueado mucoso de corpo segue sua distribuição regularmente. Felizmente. E fico sabendo, finalmente, que a mucosa de incisura angularis e antro está íntegra e sem lesões. Ou seja, além do lago, descubro que tenho um antro lá dentro. E conclui que o meu piloro está centrado e facilmente permeável. Não me perguntem o que é o meu piloro. O que importa é que ele está centrado. Já o fato de ele estar facilmente permeável não deve ser coisa boa. Preferia ter um piloro mais firme, duro, impermeável.

Partimos agora para o duodeno que, como o próprio nome indica, tem o tamanho de 12 dedos. Lá a barra estava pesada: a mucosa adjacente está hiperemiada e edemaciada. Entenderam? Nem eu, mas não deve ser boa coisa. Mas, felizmente, não há qualquer sinal de sangramento ou estenose. E, de repente, uma cena digna de final de capítulo. A vilã finalmente mostra a sua cara para os espectadores: em parede posterior, próxima à transição para a segunda porção, uma úlcera alongada de 5 a 10 mm de média profundidade e fundo com fibrina. Para minha alegria (e do meu duodeno), a segunda porção não apresenta anormalidades.

Conclusão: tenho uma úlcera bulbar ativa. Claro, jamais me sujeitaria a ter uma úlcera bulbar passiva. É a envelhescência!

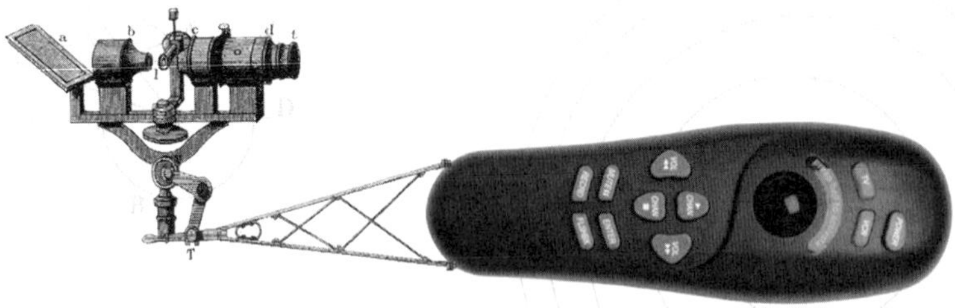

Minhas controle remoto

Método, ou dispositivo, para controlar máquinas ou equipamentos a distância.

Você que nasceu de 80 pra cá, não sabe de nada. Estou me referindo ao controle remoto da televisão.

Entre 1950 (isso eu também não lembro) e 1970 (mais ou menos), se você quisesse assistir à televisão, tinha que se levantar toda vez que quisesse ligar e desligar e mudar de canal. Ou mesmo aumentar ou diminuir o som. Era chato mas, em compensação, a oferta de canais era bem pequena: 2 (Cultura), 4 (Tupi), 5 (Globo), 7 (Record), 9 (Excelsior), 13 (Bandeirantes). E mais não tinha.

Foi quando um gênio inventou o controle remoto. Que não era tão remoto assim. Tinha um fio que saía lá detrás da televisão e vinha até uma caixinha de lata que ficava na sua mão. Nessa caixinha tinha uma espécie de alavanquinha. Você ligava e desligava o aparelho. Não fazia mais nada.

Como esse fio ficava esticado pela sala, era muito comum as pessoas tropeçarem nele. Poderia ser comido pelo cachorro também. Os gatos achavam que era novelo de lã. Aquele fio, às vezes, dividia a família em dois grupos. Para ir ralhar com o filho tinha que se pular o fio.

Aí, um gênio maior ainda (já devia ser gênio japonês) conseguiu a proeza de fazer a caixinha sem o fio. Onde é que vamos parar?, sussurrávamos. Sim, porque esse sem fio, além de ligar e desligar o aparelho, tinha uma outra alavanquinha: diminuía e aumentava o som! O mundo estava mesmo de ponta-cabeça.

Você pode até não acreditar, mas um dia os japoneses vieram com a novidade do século. Você, sentadinho na **poltrona**, podia – agora – ligar e desligar, aumentar e diminuir o som e – pasmem! – mudar de canal! O mundo nunca mais será o mesmo. Mais do que isso era impossível se imaginar.

Mas como a finalidade do homem é criar uma máquina que o substitua, foram surgindo mais teclinhas. E mais, e mais.

Resumindo. Tenho, aqui na minha frente, quatro controles remotos de ultíssima geração. Um da operadora de cabo, com 28 teclas. Algumas delas jamais ousei tocar, como a Buy e a Credit. Esta última, imagino, debita alguma coisa na sua conta. Ao lado do do cabo, temos o da televisão propriamente dita. Todo metido a besta, se apresenta com 38 teclas. E ainda dá uma esnobada dividindo as teclinhas em três cores diferentes. Cinza, vermelhas e roxas. E com nomes incríveis: Skip, VCR-2, Sat-Cable, Clear. Tudo muito simples e fácil e em língua conhecida.

O terceiro controle, o do videocassete, aparentemente é inofensivo. Tem apenas 13 teclas. Ledo engano, minha amiga. Ele tem uma portinha. Você abre a portinha e estão todos eles lá dentro, como quem não quer nada. Atrás daquela inofensiva portinha, 25 novos botões te contemplam. Sim, porque eu não os contemplo. Aquilo é grego: Tracking/V-

Lock. Faço o possível para não relar o dedo nele. E o VEQ1861? O que você me diria dele?

Vamos ao quarto controle. O mais recente, mais moderno, mais digital, mais laser. O do DVD, que eu já não sei o que significa. O controle do DVD é muito colorido, muito distante daquela lata com fio pela sala. Temos, só nele, 40 teclas.

Se você fez a conta, tenho aqui diante de mim 144 opções para o dedo indicador. 144!

Considerando que a minha televisão tem 66 canais, se eu quiser testar as 144 teclas em cada um deles, teremos 9.504 opções de laser, digo, lazer. 9.504! Tudo isso sem fio, a metros dos aparelhos todos. Isso se chama primeiro mundo. Isso se chama civilização, progresso, futuro.

Eu estou pensando nisso tudo porque eu li ontem no jornal, no caderno de carros, que tem um aí que o rádio (do carro!) tem controle remoto. E não é aquilo na direção, não. Caixinha mesmo. Sem fio, é claro. Acidentes à vista e em três vezes sem entrada.

Vai chegar o dia – e não duvide – que vamos ter controles remotos pra tudo. Desligar sogra, abaixar o som da esposa, levantar o moral do marido (digamos assim), mudar a cor das pessoas, dar um beijo em Slow e até mesmo dar uma pause na vida.

Cada um vai fazer seu próprio Menu e mudar a sua vida como se muda de Channel.

Eu não disse nada. Apenas teclei o Mute.

Minhas poltrona

Grande cadeira de braços, ordinariamente estofada.

Eram duas, as poltronas. Chegaram a Lins junto com a televisão, em 1964, trazendo a revolução, o *Direito de Nascer* e o *Diário de São Paulo* na TV. O riso, as lágrimas e o **choro**. Tudo pela Tupi, é claro.

As poltronas eram da casa do Caio, cujos pais, dona Lila e seu Júlio, foram dos primeiros na cidade a ter a tal da televisão. E as duas poltronas, que eram para os dois assistirem às novidades. Mas, depois de uma certa hora, éramos eu e o Caio que lá nos refestelávamos. Era uma delícia, a poltrona.

Tão boa quanto a televisão. Colorida, é claro. É que o seu Júlio comprou um plástico multicolorido que prendia na tela preto-e-branco. Eram cores em faixas paralelas. Então, na novela, por exemplo, você via a artista com o cabelo verde, o rosto amarelo, o busto azul e, da cintura pra baixo, vermelho.

Voltando às poltronas. Você forçava um pouco com as costas e ela virava quase uma cama, ficava na medida certa para acompanhar o *Repórter Esso*, segunda edição. Nunca mais na vida teria uma poltrona como aquela, a poltrona da dona Lila.

E a dona Lila, há uns 15 anos, morreu. Um dia me encontro com o seu Júlio, encho a cara dele (ele toma cachaça há 88 anos e está firme como as poltronas) e faço o pedido:

– Seu Júlio, quando o senhor morrer, e eu espero que isso leve muito tempo, o senhor coloca lá no testamento do senhor que uma das poltronas o senhor deixa pra mim?

Ele sabia o significado da poltrona pra mim:

– Leva já!

Estava bem abandonada a poltrona da dona Lila, há anos sem uso. Mas o jeitão era o mesmo. Bati o pó, estiquei a perna e juro que até ouvi a voz do Blota Júnior.

Conseguimos, com muito custo, colocar dentro do meu carro com praticamente todos os bancos deitados. Mandei para um cadeireiro para a reforma necessária. Ajeitar as molas, mudar o tecido, calibrar as engrenagens. Fiz a reforma no apartamento visando a um lugar de destaque para a poltrona da dona Lila. Foi fotografada pela revista *Caras*, mas a foto não saiu na matéria.

Talvez tenha sido pela reforma. Como disse o Mateus, é como se uma velhinha tivesse feito plástica. Ela estava deformada. Muito esticada. Dura. Seu molejo já não era o mesmo. O tempo foi passando e ela rodando de um cômodo para o outro. Definitivamente, não era mais aquela poltrona.

Até que eu resolvi dar a poltrona, depois de dias e noites de culpas e recordações. Aquela poltrona amarela não tinha mais nada a ver com a minha vida. Talvez ela tivesse morrido junto com a minha querida dona Lila.

O porteiro, o Fernando, adorou a novidade. E, enquanto eu via a poltrona entrando no elevador, ele me disse que estava construindo uma casinha lá no Mamonas e que a poltrona ia cair muito bem lá.

– Mamonas, onde que é isso?

– Lá, onde caiu o avião com os Mamonas. Valorizou muito o meu terreno.

Ela vai se dar bem lá, pensei também. Ela é (hoje em dia) do mesmo amarelo-cheguei da Brasília Amarela. E na casa do Caio tinha mamona. Fiquei mais ou menos tranqüilo quanto ao seu destino.

Mas entrei em casa e me deu remorso. Eu não tinha que ter dado a poltrona da dona Lila. Ela tinha que me acompanhar pru resto da vida. O que o seu Júlio não ia pensar de mim entre um trago e outro?

Fui até a casa do zelador. A filhinha abriu a porta e o Fernando estava lá, todo refestelado. Acho que ele sentiu que eu queria a bichinha de volta.

– Seguinte, Fernando, quando você inaugurar a casa lá no Mamonas, você me convida para um churrasco, tá?

– Claro, seu Mario! E o senhor vai se sentar aqui.

Voltei pra casa mais tranqüilo. A poltrona da dona Lila, quem diria, vai ficar lá perto dos Mamonas Assassinas. Ao lado da Brasília Amarela.

Acho que a dona Lila não iria brigar comigo.

Minhas choro

Exprimir tristeza, dor, etc., com gemidos, soluços, acompanhados ou não de lágrimas; soluçar.

"Quero chorar/ não tenho lágrimas/ que me rolem na face/ pra me socorrer."

Verso do genial Noel Rosa, internacionalmente imortalizado pelo Nat King Cole.

– Homem não chora!

Sou de uma geração criada assim. Chorar é coisa de gente fraca, de mulher.

Nunca chorei. Quer dizer, chorar, choro, e, às vezes, até demais da conta. Mas choro os outros, pelos outros. Não choro eu. Choro na morte dos amigos e até desconhecidos (Lennon e Lady Di, por exemplo). Mas não me choro. Não me recordo de chorar uma grande dor de corno e nem de cotovelo. Não chorei quando perdi mulheres e nem quando achei.

Choro em filmes, em livros e até em alguns comerciais. Choro ao ver a pobreza brasileira, chorei no diretas-já, choro com as crianças da rua, com os sem-terra, com as injustiças sociais, choro com a distribuição de renda dos brasileiros. Mas não choro eu. Não tenho lágrimas que me rolem na face para desabafar.

Outro dia, vi uma moça chorar. Publicamente. Uma moça linda. Chegou ao restaurante com um amigo, estavam rindo felizes. Riam. Gente bonita. Restaurante vazio. Eles numa mesa e eu, em outra. Adoro observar pessoas em bares e restaurantes e ficar imaginando o que fazem, o que são, os nomes, essas coisas. Idiossincrasias de escritor.

Percebi que ela não estava chorando ninguém. De repente, deu cinco minutos nela e ela começou a chorar. Convulsivamente, aos soluços. Guardanapo no rosto, amigo alisando o cabelo dela. Ele dizia alguma coisa engraçada, ela ria sem jeito e voltava a chorar. Ela estava desabafando alguma coisa lá dentro dela. Que bonito. Foi lindo ver aquela menina chorando. Deu vontade de ir lá e sapecar um beijo na face molhada dela.

Mas homem não chora. Por que, meu Deus, que a gente não pode chorar? Sempre quis chorar um grande amor perdido (e foram tantos), mas nada. Chegava a me esforçar, mas lá vinham os ferrenhos salesianos. Você só vai chorar realmente no dia do Juízo Final quando se encontrar com Deus. Talvez chore, pois ele pode me mandar para o **purgatório**, o inferno ou, pior ainda, o limbo, que deve ser um lugar cheio de criancinhas não batizadas a chorar o dia inteiro. Já pensou?

Choro até de pena, mas não choro eu. Choro de rir, também, que ninguém é de ferro.

O dia que eu chorar eu mesmo, vou dar uma festa e fazer todo mundo chorar até cair de exaustão e desidratação.

Será que quando o presidente Fernando Henrique comete alguma injustiça social ele chora nos braços da minha querida dona Ruth? Já pensaram, ele chorando andando em volta da cama, lá no Palácio da Alvorada? Que cena.

O ministro Pelé chorou e disse love-love-love. Chorava ele e sua brilhante carreira.

E tem os que choram fácil. O Paulo Maluf, por exemplo. Deve chorar cada vez que vê uma pesquisa eleitoral ou uma galinha. Chora em discursos, chora quando embarca, chora quando volta. Invejo ele. Chora quando inaugura uma ponte com o nome da mãe. Que capacidade. Mas será que o choro malufista é mesmo sincero ou o homem é mesmo um bom ator? Já a mulher dele não chora. Derreteria toda a maquiagem.

Quando eu me imaginei escrevendo esse texto, achei que ia chorar. Até aqui, nada. Não tem jeito. Homem não chora, gritava o meu pai enquanto me dava uns merecidos tabefes. E ai de mim se chorasse. Piorava, e muito, a situação.

Agora você que me leu até aqui e ainda não chorou (apenas riu dessas besteiras) irá me perguntar: mas esse cara está a fim de chorar, por quê? Se você não sabe a resposta é porque também passou a vida a chorar os outros. Você também nunca chorou você.

Não sei se deve ser bom chorar a gente mesmo, mas aquela menina lá no Martin Fierro me comoveu, me deu a certeza de que, mais dias, menos dias, eu vou chorar eu. E me chorando vou entender muito mais o mundo, as pessoas e, nomeadamente, eu mesmo.

Agora, se você chorou este texto, você é uma pessoa feliz. Ou então, está morrendo de dó aqui deste escriba machão.

Desculpe o assunto, mas eu precisava desabafar. Mesmo sem nenhuma lágrima a me rolar a face. Valeu.

Minhas purgatório

Lugar de purificação das almas dos justos antes de admitidas na bem-aventurança.

Quem for bonzinho vai para o céu. Quem for mauzinho vai para o inferno. Quem for mais ou menos vai para o purgatório purgar um pouco os seus pecados terrenos e aguardar o vestibular para o céu. Foi isso que nos ensinaram.

O medo do fogo eterno, já pensou? Mas eu acho que o pior no inferno não deve ser o fogo, não. Tenho a impressão de que lá você fica ouvindo o dia inteiro um imenso alto-falante informando "laranjas de Piracicaba, mangas de Atibaia, morangos do Embu", até te levar à total surdez e um infernal desespero.

E todo mundo é obrigado a trabalhar em repartição pública. São imensos balcões com várias máquinas de escrever e você datilografando oito horas por dia ofícios e mais ofícios, com dor de cabeça e ressaca do dia anterior. Todos ofícios exatamente iguais pedindo para mandarem o Hitler para outra repartição.

Acho que no inferno a programação de televisão só tem propaganda política. Já pensou, surgir a cada dez minutos o Enéas com a barba toda chamuscada, gritando "meu nome é Enéas!!!"?

E o medo de sair à rua? Só tem bandido. E a corrupção do governo local? E os juros das Casas Bahia, meu Deus? E os times que não caem para a segunda divisão nem que chova canivetes? Um Maluf em cada esquina.

Já o céu é para onde vão os bons. Você pode imaginar a quantidade de beatas portuguesas, todas de preto, rezando terço em voz alta? E aqueles anjinhos branquinhos e bundudinhos tocando flauta todos desafinados e de saco cheio? E os anjos e suas trombetas?

A primeira pessoa que você vai encontrar lá vai ser o Pequeno Príncipe, todo loirinho.

E a organização que deve ser perfeita com horários para tudo? No futebol tem cartão azul para quem passar a bola para o adversário. Não há fraudes nas eleições e os políticos são desagradavelmente honestos. E aquelas nuvenzinhas eternamente estacionadas em cima da cabeça de cada um? E o Betinho fazendo campanha contra o excesso de comida?

Já no purgatório, as coisas são diferentes. Apesar dos Mamonas Assassinas, você pode ouvir – ao vivo – John Lennon cantando. Imagine. Claro que a Marilyn Monroe está lá. Leila Diniz e Lady Di. Dizem que o papa João XXIII, também.

No purgatório você pode fazer de tudo. E mais, sem culpa nenhuma. Lá você vai encontrar o Cazuza, o Flavio Império, o Caio Fernando Abreu, todos revigorados, fortes, um compondo, o outro arquitetando e o Caio a escrever sobre rosas e jardins.

Nos fins de semana, shows de graça com a orquestra do Glenn Miller, com 41 anos e mais criativo do que nunca. Não existe pecado do lado de baixo do purgatório.

E eu acho que Deus, com sua infinita sabedoria, também mora lá. Com certeza se encheu da mesmice do céu, daquelas beatas querendo se confessar com ele, o Próprio. Aquele cheiro de eterno jasmim.

Um dia ele deve ter ido fazer uma visitinha por lá, passou o poder para Jesus e depois foi, de mala e cuia, para os prazeres eternos do purga, como o local é chamado pelos brasileiros. Só que Jesus, que não é trouxa nem nada, também foi, atrás da Madalena ou do Lázaro.

E os dois, lá, acabaram com esse negócio de celibato. Dizem que Jesus está encantado com a Leila Diniz, a quem chama de minha deusa. Já Deus, que tudo pode e sabe, é uma espécie de psiquiatra amador da Marilyn Monroe que jurou (por Deus) para ele que foi assassinada pela CIA. Tanto é que o John Kennedy e o irmão estão no inferno, enchendo o saco dos vietnamitas.

Agora, o pior de tudo mesmo deve ser o limbo, que é para onde vão as criancinhas que morrem sem serem batizadas. Desde que existe o batismo. Devem ser milhões a chorar o dia inteiro. Haja fraldas descartáveis. Coisa de **porco**, mesmo.

O quente mesmo é o purga, pessoal!

Minhas porco

Mamífero bunodonte, artiodáctilo, não ruminante, com 44 molares, caninos curvos e incisivos inferiores alongados, formando uma pá; patas curtas com quatro dedos revestidos por cascos, cabeça de perfil triangular e focinho cartilaginoso. Origina-se do javali, porém existente quase em toda parte como animal doméstico, e sua carne é bastante apreciada; cerdo.

Só como exemplo: antigamente, os corintianos amavam o Corinthians e não gostavam do Palmeiras. Hoje, os corintianos gostam do time mas odeiam o adversário. Ele não é mais corintiano, ele é antipalmeirense.

E vale o vice-versa. Vira e mexe alguém mata um inimigo por aí. E isso é nacional. No Sul tem gente que torce contra o Grêmio. Em Minas, o mineirinho torce contra o Atlético. Nem se lembra mais que o time dele é o Cruzeiro.

O Flamengo, há bem pouco tempo, aliou-se a ingleses para assassinar o lusitano/brasileiro Vasco. E por aí vai. Conheço pessoas que vibram mais com a derrota do inimigo (contra um terceiro) do que com a vitória do seu time. O cara pergunta: quanto foi o Palmeiras? Por que, você é palmeirense? Não, sou corintiano. Em Campinas, por exemplo, bugre e macaca se matam nas campinas futebolísticas. Ai da minha filha se ela namorar um sujeito da Ponte! Capaz de matar a filha ou o macaco.

O PT, por exemplo. Ninguém no Brasil torce por nenhum partido. Nunca vi ninguém PPB desde criancinha. Ou mesmo PSDB até a morte. Mas todo mundo torce contra o PT. Dizem que o Maluf tem pesadelos com a bandeira vermelha.

No meio artístico, todo mundo torce contra a Globo. E não a favor de uma outra emissora. Vai a Babi estrear no SBT, todo mundo torce contra. Sei lá por quê. Já tem gente torcendo para o Jô não emplacar na Globo.

Não chego a dizer que alguém tenha torcido para o vazamento da Petrobras. Mas que todo mundo adorou, adorou. Tá vendo?!, disseram todos, sei lá por quê.

Quando eu ganho um dinheirinho no Bingo, sinto como me olham. O que deixou de ganhar estava torcendo, desde o início, contra todos e não a favor dele. Já notou isso?

Fui a um casamento sábado passado. Uma noiva lindíssima. Tenho certeza de que estava todo mundo torcendo para o noivo broxar. E, uma outra parte, para o casamento não dar certo. Afinal, o noivo é palmeirense, me disse o são-paulino de fraque.

Não sou nenhum analista de sistemas, mas acho que essa coisa de o brasileiro não torcer mais para si mesmo e sim pelo fracasso do outro, além de geral, é sintomática. É quase um desistir da vida. É quase não gostar mais dele mesmo e do País. Já que eu não vou conseguir, vou torcer para o vizinho se estrepar, também. Céus!!! Eu não estou torcendo para o meu filho entrar na faculdade. Estou torcendo para os amigos dele não entrarem.

Tem autor de livros que pouco se importa se os livros dele vendem ou não. Eles não querem é que os dos outros vendam. Torcem.

E, você sabe, torcer para fazer um despacho é um passo até a esquina, torcendo para achar logo a galinha. O que é a macumba – coisa mais brasileira, impossível – do que torcer contra? O mau-olhado (tem gente torcendo para eu ter errado: é com l), a mandinga, o olho gordo.

E quando começa uma corrida de automóvel? Vai me dizer que você não fica frustrado quando não acontece um baita acidente? Mesmo de leve, jogando um carro pra fora da pista, você não torce?

Isso tudo se chama espírito de porco. Nada a ver com os palmeirenses.

Só que o que vem me assustando é que o Brasil nunca teve tanto espírito de porco como hoje. Somos todos espíritos de porco hoje em dia.

Eu, por exemplo, estou torcendo para o Grecca cair. Só de sacanagem.

Não tenho nada contra ele. Mas como você também está torcendo, só nos resta torcer.

Antes de sair para a rua hoje, faça a sua lista de quem você vai torcer contra. Pode ser divertido, mas não se esqueça que todos nós estamos é torcendo contra o Brasil.

Acho que, se a gente ficasse a favor, ia dar mais certo. Afinal, o Brasil é o nosso time. E, em time que está perdendo, tem que se mexer, sim, mas nunca, nunquinha, torcer contra. Questão de **maturidade**.

Você está a meu favor, né?

Minhas maturidade

Circunspecção, siso, prudência.

É o que o homem pensa durante anos, enquanto envelhece. Já está perto dos 50 e a pergunta ainda martela. Um dia ele vai amadurecer.

Quando um homem descobre que não é necessário escovar os dentes com tanta rapidez, tenha certeza, ele virou um homem maduro. Só sendo mesmo muito imaturo para escovar os dentes com tanta pressa.

E o amarrar do sapato pode ser mais tranqüilo, arrumando-se uma posição menos incômoda, acertando as pontas.

O homem maduro broxa! Não broxar é prova inequívoca de imaturidade.

O homem maduro sabe, como nunca, que as preliminares são muito mais interessantes que as penetrações profundas.

Não sente culpa de nada. Mas, se sente, sofre como nunca. Mas já é capaz de assistir à sessão da tarde sem a culpa a lhe desviar a atenção.

É um homem mais bonito, não resta a menor dúvida.

Homem maduro não bebe, vai à praia.

Não malha: a malhação denota toda a imaturidade de quem a faz. Curtir o corpo é ligeiramente imaturo.

Nada como a maturidade para perceber que os intelectuais de esquerda estão, finalmente, acabando. Restam uns cinco.

Sorri tranqüilo quando pensa que a pressa é coisa daqueles imaturos.

O homem maduro gosta de mulheres imaturas. Fazer o quê?

Muda muito de opinião. Essa coisa de ter sempre a mesma opinião, ele já foi assim.

De vez em quando, amadurece uma espinha na bunda do homem maduro.

Se ninguém segurar, é capaz do homem maduro ficar com mania de apagar as luzes da casa.

O homem maduro faz **palavras cruzadas**!

Se você observar bem, ele começa a implicar com horários.

A maturidade faz com que ele não possa mais fazer algumas coisas. Se pega pensando: sou um homem maduro. Um homem maduro não pode fazer isso.

O homem maduro começa, pouco a pouco, a se irritar com as pessoas imaturas.

Depois de um tempo, percebe que está começando é a sentir inveja dos imaturos.

Será que os imaturos são mais felizes?, pensa, enquanto começa a escovar os dentes depressa, mais depressa, mais depressa ainda.

O homem maduro é de uma imaturidade a toda prova.

Meu Deus, o que será de nós, os maduros?

Minhas cruzada

Espécie de charada em que, achando a palavra que resume uma das definições dadas, o cruzadista a inscreve na conveniente fileira ou coluna de um desenho quadriculado, de tal modo que cada letra de uma palavra horizontal entre na composição de outra palavra.

A imagem do meu pai, para mim, foi, é e continuará sendo a de um homem sentado, compenetrado, fazendo palavra cruzada. Gosto de olhar para ele quando ele está fazendo palavra cruzada. Tinha uns oito anos quando pedi que me ensinasse a fazer. Aquilo devia ser bom. Todo dia. Sagrado.

– Você não vai entender. Tem de saber palavras difíceis.

Acabei crescendo, aprendendo e conhecendo quase todas as palavras difíceis. Confesso, sou viciado. Também em paciência. Adoro joguinhos, já tendo, até, inventado alguns (teve um que eu quase patenteei). E o que mais me atrai (e intriga, ao mesmo tempo) nas palavras cruzadas são certas palavras. Palavras que você só encontra lá. Rios e cidades. Definições definitivas. Palavras e coisas que ficaram paradas dentro dos quadradinhos da brincadeira.

Você conhece alguém que já foi a Ur, cidade da Caldeia? Que passou a lua-de-mel lá? E você nem imagina que a Caldeia é uma região da Suméria, na baixa Mesopotâmia. Os caldeus estiveram lá no século sexto. Antes de Cristo. Tenho a impressão de que, se a Stella Barros organizar uma excursão para Ur, vai lotar de cruzadistas.

E ror, pode? Ror é multidão. Já pensou os locutores esportivos? Aqui no Maracanã está um ror incrível. Se o ror se revoltar pode se transformar, rapidamente, numa turba. E, no meio de uma turba dessas, é bem provável que você encontre pessoas com aca, mau cheiro. Já pensou: hoje no metrô tava a maior aca!

Omã é uma cidade do sultanato do Golfo Pérsico. Parece nome de remédio para azia: sultanato pérsico. Fica na Ásia e sua capital é Mascate, que deve vender muito petróleo.

Está gostando do teor, conteúdo do texto?

Tem dois rios que me intrigam e só mesmo nos mapas das cruzadas. Um é o Apa, rio na divisa do Brasil com o Paraguai. Nunca soube de alguém que tivesse atravessado esse rio, com contrabando ou sem contrabando. Outro riozinho doído é o Aar, rio da Suíça. Também nunca cruzei com ele na Suíça. Também nunca estive na Suíça, acabo de lembrar. Vai ver é manjado paca.

Por que será que dão tanta bola para o aru, sapo amazônico, e o apar, tatu-bola? Eu nem sei o que é tatu-bola, quanto mais apar. Você já viu algum apar na sua vida? Assim, passeando pela Avenida Paulista?

Escumilha é ló. E escumilha pode ser um tecido ou pode ser aquele chumbinho pra espingarda de pressão. Isso, é claro, nas cruzadas. Nunca pus ló na minha espingardinha. E o **cúbito**, vai bem?

Pra mim, mulher de elefante é elefanta. Não é, não. É aliá. Com acento no a. Mas parece que é só no Sri Lanka. E por que é que você tem de saber isso? Será porque a KGB (ainda?) é rival da CIA? Ou por que toda Madame é Min? Me parece tal, análogo. Será? Afinal, toda tribo é nômade e Raymond Aron é um sociólogo francês. Aliás, muito mais filósofo que sociólogo.

Duvido que você, quando criancinha, tenho tido uma aia. Muito menos aio. Não conheço ninguém que tenha começado uma frase assim: aí, então, o meu aio disse.

Notou que eles adoram afirmar que máquina de tecelagem é tear? Tanta máquina nova por aí e os caras continuam adorando um tear.

Qual é exatamente a peça que é o elo, argola de cadeia? Onde fica? Será ele o tanto procurado elo perdido? O quase único osso do nosso corpo é o úmero. Às vezes pinta um fêmur, diria um vate, profeta.

Qual é exatamente a peça que é o outro elo, parte de uma corrente? É a que ata, amarra?

Se você decifrou o texto até aqui, é porque você leu. Decifrar é só isso aqui: ler. Cuidado com o miúra, touro feroz. Isso, se você caiu na minha isca, engodo para pesca. Será por que toda índole do samaritano é boa?

E por que que toda-poderosa é rica?

E o prazer de todo intelectual não é só ler, não. É fazer palavra cruzada. E crônica.

Minhas cúbito

Osso longo situado na face interna do antebraço.

O poeta Sergio Antunes costuma dizer que "sou do tempo em que todas as cuecas eram brancas, assim como os colarinhos e as geladeiras". Pois é. Eu também, porque somos do mesmo tempo, da mesma cidade, do mesmo mundo. Só que, cada vez mais, esse mundo está deixando claro que não é mais o nosso.

Nem vou falar de um mundo em que a capital do Brasil era Rio de Janeiro. Afinal, lá fora, todo mundo pensava que era Buenos Aires. Agora, finalmente, já sabem que é o Rio de Janeiro.

Nem vou falar, também, do mundo em que o Brasil jogava de uniforme branco com o escudo da CBD no **peito**, Confederação Brasileira de Desportos. Agora joga de amarelo com o distintivo da Coca-Cola. Mas isso todo mundo viu na televisão.

Eu falo de um mundo que, de repente, virou uma imensa rua contramão. Sabe quando a gente entra numa rua que até outro dia dava mão e lá na frente percebe que todo mundo está errado, vindo contra você, uns até tirando a cabeça pra fora e te chamando de barbeiro? Então, tá assim o mundo.

"Eu sou do tempo em que todos os criados eram negros, assim como os telefones e as gravatas-borboletas", insistiria o poeta. E eu sou do mundo onde havia um país longínquo chamado União Soviética, onde se comiam criancinhas. Agora, estão lá um tal de Quirquistão, uma Estônia, o Azerbaijão e até a Rússia que virou anticomunista. O mapa-múndi que eu guardei com tanto carinho, desde as aulas do seu Altamiro, exibe o inútil Congo Belga, todo amarelo, a ultrapassada Tchecoslováquia, toda azul, e a insuspeitíssima Iugoslávia, completamente alaranjada. O mundo agora é das Repúblicas Tchecas, das Sérvias, e das Bósnia-Herzegóvina, que acho que estão brigando por causa do acento. É no "go", dizem uns. Outros que no "vi". E o pau comendo.

Mas não é só a geografia do novo mundo que me tem deixado desconfortável. Até meus ídolos da adolescência mudaram de nome ou atitude. Jorge Ben, que "chovia chuva", virou Jorge Benjor.

Em que mundo nós vivemos?, diria o velho comercial da Chevrolet. Por que trocaram o nome da Crush por Fanta? Por que matador no cinema virou serial killer e filme de suspense virou *thriller*? Por que querem acabar com o circunflexo? Por que beque virou ala e meio-campo, volante? E artilheiro, matador? E futebol de salão que agora é futsal?

Não é ficar contra o progresso e a evolução técnica. É claro que tínhamos que ter consciência de que as coisas iam se aperfeiçoar. O telefone, por exemplo, na minha infância, era quase que um adorno, não falava nem com o vizinho da esquina. Agora já tem celular. Falar não fala, mas é muito mais bonitinho.

Caduquice virou mal de Alzheimer, e aquele medão que eu tinha de escuro, todo mundo pensando que era frescura, virou síndrome de pânico. Descobriram que não tinha mais limbo, inventaram café descafeinado e maconha sem tetrahidrocanabinol. Que barato! E por falar em verde, o Palmeiras mudou o uniforme. Padre-Nosso virou Pai-nosso. E tiraram o latim da missa. Missa em português não está com nada.

Agora o que me deixou fulo da vida, tiririca mesmo, como se dizia antigamente, é que mudaram o nome do cúbito. É. Do cúbito. O osso do braço. Rádio e cúbito, ensinava o livro de ciências. Assim como os da perna eram tíbia e perônio. Belos nomes. Pois é. Mudaram o nome do cúbito.

O pior é que o cúbito não fez revolução como na Iugoslávia, não derrubou nenhum muro. Não inventou nem descobriu nada. Mas mudaram o nome. Sem consultar ninguém, sem medida provisória, sem porra nenhuma.

O novo nome do cúbito? Não. Aí também já é demais. Eu vivo sem o Congo Belga e sem a Guiana Inglesa, vivo até com Tocantins, mas o nome do cúbito eu me nego a aprender. O cúbito, para mim, vai continuar a ser cúbito. Para sempre. Assim como Chitãozinho e Xororó ou Cascatinha e Inhana. Rádio e Cúbito. Para sempre.

PS – Se você está morrendo de curiosidade, fique sabendo que estão chamando o cúbito por aí de, pasmem, ULNA.

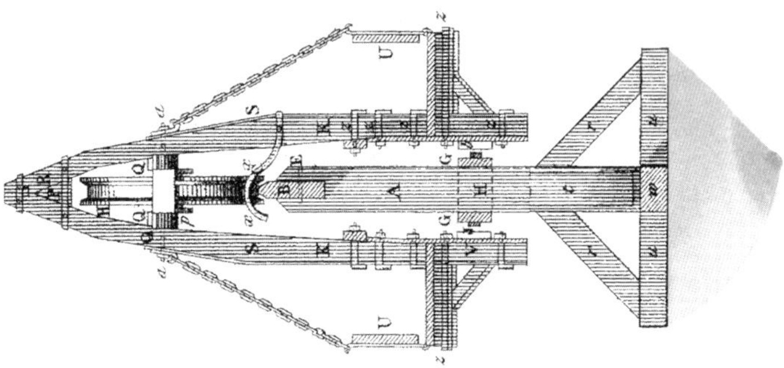

Minhas peito

A parte do tronco que contém os pulmões e o coração; tórax.

Existe alguma coisa mais bonita do que o peito de uma mulher? Não existe escritor que não tenha metido a mão por ali. Machado, por exemplo, descreve os seios de Helena como pêra aveludada. Desde que nascemos temos uma relação estreitíssima com eles. Para dizer o mínimo, morreríamos sem eles.

Melhor que um peito, só dois. Mas ensinaram para a gente que é feio olhar para o seio. Que é feio. Eu nunca entendia os padres. Eu olhava e achava aquilo bonito, menino ainda. Mas os padres diziam que não podia olhar. Era pecado, tinha de confessar e rezar para o vosso ventre, Jesus.

Essa coisa de achar peito feio e motivo para pecados é coisa dos anos 50. Portanto, meio século atrás. E a proibição não fez com que os peitos saíssem da praça. Continuaram a nascer e a crescer. Uns mais pra baixo, uns mais empinados, uns vesgos. Pululam por aí. Olhou, pecou, morreu, vai pru inferno, arder no fogo eterno.

Há alguns dias o mundo inteiro riu de nós. Um evangélico Garotinho, atrás de balas perdidas, mandou dar porrada nos peitos. Isso é que é ter peito! Foi implicar com um peito anônimo, já com uma certa idade, com dono. Peito que veio lá da zona norte do Rio, discreto, quietinho. Ninguém estava dando a menor bola para aqueles peitos. Mas, como todo garotinho gosta de buraquear escondido, aqueles peitos entraram em todas as casas do Brasil através da televisão. Que pecado! E, dizem, em breve, na *Playboy*. Aliás, parece que aquele padre está para ser convidado também.

Portugal, com o maior índice de missa *per capita* do mundo, mostra os peitos há algumas décadas. É normal como chupar uma... manga, digamos.

Não existe nenhuma religião que ache o peito bonito e exibível. Talvez pelo fato de a turma de Jesus só ter homem. Vem de longe, o peito. Mas cabe a você lutar para que o peito não caia.

É tudo uma questão de conceito. Vamos imaginar, por exemplo, que os padres e os evangélicos cismassem – há vários anos – que o feio não era o peito, era a orelha. Que orelha não era para ficar mostrando. Orelha é pra ouvir e não para excitar adolescentes ou velhos tarados.

Já pensou as mulheres todas com as orelhas escondidas? Existiria uma espécie de sutiã de orelha para cada uma. Claro que ia ter uns mais ousados, mostrando o comecinho do lóbulo. Das **aeromoças**, por exemplo.

O lóbulo seria o máximo da sacanagem. As prostitutas iam faturar mais se o lóbulo entrasse no acordo. E teria aquelas puritanas: não faço lóbulo. Ou: lóbulo, só com camisinha.

Claro que iam existir revistas só de orelhas peladas, lóbulos depilados. Closes gigantescos. Iam comentar: você viu a Vera Fischer? Orelha caíííííída! Bobagens como: isso é que é orelha, não aquilo que eu tenho lá em casa.

Provavelmente algumas colocariam silicone nas orelhas depois de uma certa idade. Será que a orelha de abano ia ser excitante ou broxante?

Orelha boa mesmo seria aquela com marquinha do sol. Bem fininha, bem fio dental.

O Mike Tyson, por exemplo, pegaria muito mais anos de cadeia por ter tentado comer a orelha do outro. Beijar já é feio, ensinariam os padres. Comer uma orelha dá excomunhão na certa.

E aquelas mulheres que iam deixar a gente de orelha em pé? E tenho certeza absoluta de que os fabricantes de cotonetes iam fazer modelos mais ousados, mais anatômicos e penetrantes.

Não sei se os escravos colocariam orelha de porco na feijoada. Acho que iam levar para a senzala.

A dobra dos livros não mais se chamariam orelhas. É palavrão. Iam chamar-se peitos. Primeiro peito, segundo peito. Assim diriam: o livro do fulano tem o peito do sicrano.

E assim você pode viajar por qualquer parte do seu corpo com a culpa que quiser. E peço aos padres, aos evangélicos, aos militares e à polícia que deixem os peitos de lado. Ou de frente.

Deus sabia o que estava fazendo quando criou os peitos e depois descansou. Deus era um homem de peito!

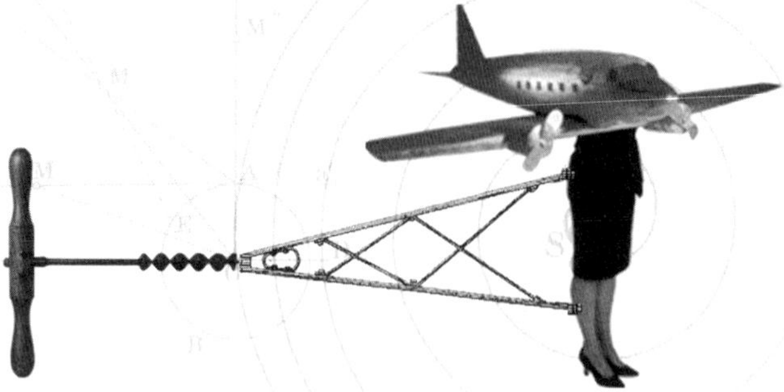

Minhas aeromoça

Funcionária incumbida, a bordo de aviões comerciais, de vários serviços indispensáveis à segurança e ao conforto dos passageiros.

Que estranho e irresistível fascínio é este que as aeromoças exercem sobre nós, homens e mortais passageiros?

Ou vai me dizer que você também não tem um certa tara, uma vontade quase que incontrolável de ter um caso com uma dessas profissionais do ar?

Qual é o homem que nunca deixou o cotovelo propositadamente no corredor do avião, na sutil esperança de uma leve raspadinha na apressada moça? Qual é o homem que, lá nas alturas, fingindo ler o jornal, não fica de olho torto para elas? Qual é o homem que não sonha acordado imaginando tenazmente que ela, junto com a última cervejinha, coloque dentro do guardanapo um cartão de visitas? Qual é o homem que não sonha um dia contar para um amigo: transei com uma aeromoça! Qual?

Que fascínio é esse? Preocupadas com o possível assédio masculino, as companhias aéreas – de todo o mundo – fazem de tudo para transformar aqueles aviões em seres normais. Colocam uma saia escura onde as curvas se perdem e o joelho some, vestem uma blusa meio fofa onde seios desaparecem, amarram os cabelos para cima e, ainda por cima, colocam um crachá com um nome falso no peito. Ficam todas parecendo **meia-gordinhas**. Mas nós, homens, temos certeza de que, por trás daquele uniforme de guerra, esconde-se uma grande guerreira de terra, mar e ar. A gente sabe – ou imagina – que elas são gostosas. Toda aeromoça é gostosa por princípio, meio e fim. Até o fato de elas usarem outro nome – como as freiras e as prostitutas – é excitante.

E não são apenas as aeromoças brasileiras que nos fazem viajar com a imaginação. Também as azafatas (aeromoça em espanhol) ou as hospedeiras (aeromoça em Portugal). Não seria bonito dizer que anda saindo com uma azafata de salto delicadamente alto ou que levou para o hotel uma hospedeira? Mesmo as americanas, sempre carrancudas, levam o seu charme na bandeja da esperança. E as francesas dizendo pardon, monsieur? E aquelas da Lufthansa que dá vontade da gente pedir para que pisem nos nossos pés com seus um metro e oitenta e cinco?

Qualquer psicólogo de esquina poderia dizer que essa fascinação é porque nós nos sentimos – durante as poucas horas de vôo – nas mãos delas, dependemos delas para tudo. Seriam nossas mães, digamos assim. Mas não é como mãe que as vemos e, sim, como possíveis amantes. Como deslizam fácil pelo carpete central dentro das nossas turbulências mentais!

São estranhas, essas moças. Não sei de ninguém que conheça uma aeromoça fora do ar. O máximo que a gente sabe delas é que se arrastam em duplas pelos aeroportos, puxando as suas malinhas – sempre cinza – sobre rodinhas. Depois entram num táxi e somem. Sim, somem. Ou você sabe de alguém que é vizinho de uma aeromoça? Ninguém sabe onde moram essas meninas. Ninguém nunca viu uma hospedeira numa festa, numa peça de teatro ou mesmo fazendo compra num shopping. Fora do ar, elas evaporam. Você, por exemplo, já viu alguma azafata no seu, digamos, convívio social? Tenho certeza de que não. Chego a desconfiar que elas não existem. São alucinação causada talvez pelo ar despressurizado.

Devo ser um privilegiado, pois já vi duas aeromoças. A primeira quando estava hospedado no Hotel Miramar em Recife, fazendo um trabalho profissional junto com mais 40 pessoas. Um amigo me disse que as aeromoças da VASP estavam hospedadas no hotel. Foi um frisson entre os homens. No mesmo dia um colega disse que aquela mais alta, loira, tinha uma tatuagem na virilha. Ele tinha visto na piscina. Comprei óculos de natação e fui conferir num vôo aquático. Tinha. Tinha um Boeing tatuado na virilha dela que, enquanto ela ficava a fazer movimentos com as pernas para se manter à tona, parecia que o Boeing batia asas e voava na minha direção. Só o Boeing. O avião, não. Quase morri afogado.

E a outra vez foi no bingo. Estávamos quatro homens na mesa e uma moça. Uma moça normal, nem feia nem bonita, nem magra nem gorda, nem baixa nem alta. Uma moça absolutamente normal que não suscitava nem um olhar de esguelha de nenhum de nós. De repente, chegou uma amiga dela. Nos primeiros diálogos, ficamos os quatro sabendo que eram aeromoças. Como a moça cresceu, como ficou bonita, gostosa, simpática. Que pernas, que seios, que pele, que narizinho arrebitado, que voz, meu Deus! Os quatro homens ficaram transtornados com a presença de duas – duas! – aeromoças ali, tão perto. Mas, assim como na piscina, ninguém teve a coragem de puxar papo, pedir mais um uísque ou perguntar a temperatura local. Não se conversa com uma aeromoça fora do ar: admira-se, boquiaberto. E mais: ela fez um bingo, provando, definitivamente, que são seres sobrenaturais, acima de nós, sempre a dez mil metros de distância de nós, pobres terráqueos.

Que estranho e irresistível fascínio é esse que as aeromoças exercem sobre nós, homens e mortais passageiros?

Minhas meia-gordinha

Meio gordinha.

Calma, meu anjo. Não se trata de uma gordinha pela metade. Meia. Nem da meia (aquilo de colocar nos pés) de uma gordinha, portanto, uma meia-gordinha.

Trata-se de você mesma, navegante da Internet. Eu sei que você é meia-gordinha e que existe um erro de português aqui. Mas meio gordinha não é o mesmo que meia-gordinha. Que me perdoem os amargos gramáticos, mas gordinha é meia. Meia-gordinha. Meia-gordinha soa melhor, sua menos. Meia-gordinha como você está, no ponto.

Eu não sei exatamente o que é que a Internet faz para atrair as meia-gordinhas. Mas elas não resistem. É como se a Internet fosse feita para elas. E elas esperaram anos – formando-se como meia-gordinhas – pelo advento da rede. É isso, uma meia-gordinha se encaixa na rede. Ali ficam, ali balançam, ali se mostram, se expõem, se apaixonam. Ali, são universais internautas. Ali, soltam suas vírgulas (como suas curvas), suas reticências (suas dobrinhas) e suas bem colocadas exclamações. Não usam acento, mas têm assentos. Não usam maiúsculas, pois já nasceram meia-grandinhas.

E agora você, me lendo, pergunta: como é que ele sabe que eu sou meia-gordinha? Pesquisa, minha cara meia-gordinha. Nem Bill Gates sabe disso. Mas o Dataprata tem sua pesquisa. 83% das mulheres que desfilam pela Internet são meia-gordinhas. Se você estiver nos 17% das meia-magrinhas, pode parar de ler. Mesmo porque, nada ofende mais uma mulher do que ser considerada meia-gordinha, não o sendo.

Não sei por que vocês estão lá navegando. Talvez por terem vergonha de ser meia-gordinha. E, quando a gente pede uma foto, mandam aquela só do rosto, né? Ou de vestido preto. Se você mandasse sem o vestido, ia fazer muito mais sucesso. Sim, nós sabemos de antemão que você é meia-gordinha. Você pode até mentir suas medidas, mas o seu texto te entrega. O estilo de uma meia-gordinha é inconfundível.

Pro meu gosto, meia-gordinha é o que há. Aliás, pra todo mundo que eu conheço. Só que ninguém assume: o brasileiro, influenciado pela moda francesa, quer a magra. Pra pegar onde? Pra segurar o quê? Pra recostar em claviculares saboneteiras? Pois é muito melhor espalhar sabonete pelo corpinho de uma meia-gordinha. Meia-gordinha de **roupão** é o que há.

Mas não vamos confundir a meia-gordinha com a gordinha. Há celulíticas e celulares diferenças. Em primeiro lugar, a meia-gordinha assume que é meia-gordinha. Enquanto que a gordinha faz de tudo para se tornar meia. E sofre com isso. Mesmo porque, quando uma gordinha vira meia, desaba o mundo, enruga o universo.

A meia-gordinha honesta assume. É, antes de tudo, uma forte. Uma fortaleza. Tudo no seu devido lugar. Se ela emagrecer, perde – além de quilos – pontos. Dizem que até abandona a Internet.

Veja, por exemplo, o que diz Mathew Shirts, brasilianista de primeira. Portanto, conhecedor das coisas abaixo do equador e acima da Argentina:

– Sempre achei a maior graça nas meia-gordinhas. Para começar, elas são mais expansivas e alegres que as magras e topam qualquer parada. Nunca conheci uma meia-gordinha que impusesse restrições ao imaginário erótico de um homem – no caso, eu mesmo, meio gordinho. É claro, desde que você não proponha nada de acrobático demais, como saltar de cima de um guarda-roupa.

Ele revira os olhos ao me dar tais declarações:

– Nos Estados Unidos, você dificilmente encontra mulheres, mesmo gordas, com nádegas avantajadas. No Brasil, isso é quase corriqueiro. A verdade é que uma meia-gordinha de bumbum proeminente me deixa bastante perturbado, no bom sentido. Talvez esteja aí um dos principais motivos que me levaram a trocar os States pela pátria do futebol e das meia-gordinhas.

E conclui:

– A meia-gordinha sexualmente realizada é um dos seres mais calmos do planeta.

As meia-magrinhas que me perdoem, mas as meia-gordinhas são bem melhores de vírgulas, de reticências e de exclamações. Sem falar naqueles dois pontos delas. Muitíssimo bem colocados.

E ponto final.

E, pra quem não sabe, o Mateus é meio gordinho.

Minhas roupão

Peça caseira de vestuário, longa e confortável, aberta na frente, de mangas compridas e cinto, usada sobre a roupa de dormir ou sobre a roupa de baixo, ou para se ficar à vontade; robe, chambre.

Me lembro bem da primeira vez. Eu terminei o banho, era de manhã, umas onze, sábado. Uma calça de **moletom**, tênis, camiseta e, por cima, o roupão. Roupão branco, mangas largas, abaixo do joelho, cinto amarrado. Branco como bundinha de nenê. Na altura do peito esquerdo, o logotipo do São Pedro, Spa-Médico. Me sentia bem, muito bem, com o roupão.

Foi lá, no spa, que eu comecei a usar roupão. Gostei. O roupão passou a ser, para mim, uma espécie de símbolo da liberdade, uma ajuda à auto-estima. Além do conforto, denotava limpeza, banho-tomado, pureza, estar de bem com a vida. Branco. Branquinho.

Pois então era sábado e lá estava eu aqui na frente do computador, a jogar paciência, tentando uma idéia. Reinaldo e Mateus me ligam e convidam para tomar umas antes da feijoada na casa do Mateus.

Quando ia tirar o roupão, resolvi não tirar. Estava gostoso, cômodo, macio. O clima estava para roupão. Olhei pela janela. Era um céu que pedia, implorava roupão. Qual é o problema de ir de roupão até a casa de um amigo? Tirei a camiseta. Só de roupão. No sinal, uma senhora, peruíssima, me olhou meio de lado, balançou a cabeça oxigenada. E daí? A garotinha que ia me pedir uma moedinha até desistiu. Quando cheguei, o Reinaldo e o Mateus se entreolharam. Um disse:

– Eu sabia que esse negócio de parar de beber não ia dar certo.

O outro:

– Quer dar o cu, fala logo.

– Qual é o problema? Qual é o escândalo? Estou feio? Estou indecente? Estou atentando contra o pudor, a moral e os bons costumes? Me digam, qual é o problema?

Depois chegaram as esposas, Marta e Sylvia, e os comentários foram mais ou menos iguais. Só a Maria, minha afilhada, filha do Mateus e da Sylvia, que gostou:

– Legal, meu.

A partir desse dia resolvi assumir o roupão como uso diário. Para quem olhava enviesado, ia dando as minhas explicações:

– Olha o conforto. Olha o tamanho dos bolsos. Cabe tudo, ouve-se o celular. Olha as mangas. Posso?

O peito: aberto e fechado. Quer saber de uma coisa? É o traje ideal para o outono numa cidade como São Paulo.

Meu filho pedia para eu não chegar da rua de roupão quando tinha amigos dele em casa. Mas como é que eu ia saber se tinha amigo dele em casa quando voltava? Minha filha, de Londres, manda um e-mail: verdade, pai?

Comprei mais uns três ou quatro. Comecei a usar roupão o dia inteiro.

Até que fui ao cinema. De roupão. O porteiro não queria me deixar entrar. É proibido entrar de roupão. Impossível ter uma lei dessas, eu disse. O roupão está sujo? Qual é o problema? O senhor há de convir... Chama o gerente.

– Sou jornalista. Vou fazer um escândalo. Vou rodar o roupão! Olha aquele cara de bermuda. Bermuda pode? Onde é que está escrito que não pode entrar no cinema de roupão? Quero ver a lei. A lei!

– O senhor há de convir...

– Não vou convir porra nenhuma!

Entrei. A sessão não havia começado. Todo mundo olhando para mim. Ou melhor, para ele, o meu inocente roupão.

No jogo de futebol não teve problemas. Mas, no restaurante, deu galho. De novo o gerente, aquela pequena autoridade. As pessoas que entravam olhavam a discussão ali na porta.

– O problema é que vai todo mundo ficar olhando para o senhor.

– E daí? A Adriane Galisteu tá lá dentro e tá todo mundo olhando para ela. E ela não está de roupão. E daqui dá para ver o peito dela. Muito bonito, por sinal. Chama o chefe do gerente. Chama o seu Rubayat!

Deixaram entrar. Os garçons davam risinhos disfarçados. Eu lá, firme, de roupão.

Tive que ir dar uma entrevista no Jô. Não sobre o roupão, mas sobre o meu novo livro. Fui de roupão, claro. Claro que a entrevista foi muito mais sobre o roupão do que sobre o livro. O Jô até sugeriu que eu escrevesse um livro novo: Os Anjos de Roupão.

Agora, além da família, dos amigos, dos vizinhos, o Brasil inteiro está a comentar o fato deu usar roupão. Foi aí que o fato se deu. Outro dia fui ao teatro e vi: tinha um sujeito de roupão. E não era personagem da peça, não. Público e notório. Nos cumprimentamos, cúmplices. Uma delícia, foi o comentário dele.

Aí comecei a notar o aumento de pessoas de roupão nas ruas, nos bares. Eles conversavam entre eles. O quente era usar roupão roubado de hotel ou spa, com logotipo.

Até que, outro dia, entrei num restaurante finíssimo e tinha dois iupes no balcão a tomar vodca. Os dois de roupão.

Um dizia para o outro:

– Francês. Hotel George V.

E o outro:

– Mas xadrez, como o meu, você nunca tinha visto, né?

Voltei para casa e pendurei o meu roupão. Nunca mais usei roupão. Odeio andar na moda.

Minhas moletom

Tecido de lã macio, quente, semelhante a uma flanela grossa.

Não sei o nome dele, nem onde mora. Mas ele mora perto. Perto dali. Dali, onde está acontecendo alguma coisa.

Acidente na esquina. Dois carros batem. Motoristas descem, olham, conversam. Vai juntando gente, curiosos. Quando você menos espera, ele aparece: o Homem de Moletom. Ele não se envolve diretamente com o fato. O Homem de Moletom é coadjuvante. Coadjuvante sem fala. Ele observa.

A prefeitura chega com seus caminhões para tapar um buraco no meio da rua. Curiosos vão se juntando. Populares param. Transeuntes indagam, curiosos até fotografam. E ele, observa. Ninguém nunca viu de onde surgiu o Homem do Moletom. Nem a hora exata da sua chegada. E, de repente, ele some.

Fila para comprar ingresso para o jogo de futebol. Dezenas de torcedores se acotovelam tentando os bilhetes. Na foto, à direita, a uns dez metros de distância, ele. Com um moletom que não é nem palmeirense, nem corintiano.

Favor não confundir o meu Homem do Moletom com o Popular, do Luis Fernando Verissimo. Há uma característica básica que os diferencia. O Popular está sempre com aquele embrulho debaixo do braço. Um embrulho que nem mesmo o Verissimo sabe o que tem dentro. Já o meu Homem do Moletom não leva nada nas mãos. Mesmo porque o Homem do Moletom – pode observar – está sempre com as duas mãos nos bolsos. Ele não fuma, não leva pacotes e não vai cumprimentar ninguém. Mãos nos bolsos.

Mas não é apenas nos pequenos acidentes perto da casa dele onde podemos vê-lo. E não apenas em São Paulo. Não sei se ele são vários ou se é muito rápido.

Já foi visto num treino da seleção brasileira lá nos arredores de Paris. No jogo ele não foi, tenho certeza. Mas no treino, sim. O Homem de Moletom não aparece nos megaeventos. Não, ele gosta é dos pormenores. A poda de uma árvore, uma loja de disco no centro da cidade. Ele não fica na porta da loja, ouvindo. Ele fica do outro lado da rua, vendo. Com **soluço**, às vezes.

Pensando bem, agora, aqui, ao imortalizar de vez o Homem de Moletom e fazendo uma retrospectiva de todas as vezes que o vi, devo admitir que ele nunca está num local que tenha mais de 30 pessoas. E posso até imaginar por quê. É que, se muita gente houver, pode ter mais de um Homem de Moletom. Aí ele perde a sua identidade, clonado por um curioso qualquer.

E mais: nunca vi o Homem de Moletom encostado num poste. Seria integrá-lo demais ao cenário. Também não se senta, o Homem de Moletom. Ele é sistemático!

É eclético, o nosso homem. Já o vi com bigode e sem bigode. Já apareceu careca ou cabeludo. Gordo ou magro. Mas nunca muito jovem ou muito velho. O Homem de Moletom tem entre 40 e 45 anos, posso garantir, e, se você observar quando ele aparecer aí perto da sua casa, more você onde morar, vai concordar. Outra coisa: ele não bebe. E nem fuma. Está sempre sóbrio. Sim, a função dele é observar. Não é interferir, é observar. Se ele falar alguma coisa, fizer uma pergunta, der um palpite, ele deixa de ser o meu Homem de Moletom. É um falso.

Outra coisa. Embora goste de aparecer mais no começo da manhã ou final da tarde, ele não tem horário. Já o vi uma vez, de madrugada, nos anos 70, quando uma bomba explodiu dentro de um carro na Consolação, lá embaixo. Em frente ao Pink Hotel, quatro da manhã, um calor desgraçado e ele lá. Do outro lado da rua, como convém. Em atitude, devo admitir, suspeita.

Aliás, essa é outra característica do meu Homem de Moletom. Se você observar bem a postura dele e o olhar que meneia à procura de detalhes, pode achá-lo suspeito. O problema aqui é: suspeito, sim. Mas suspeito do quê? Simplesmente suspeito.

Estou escrevendo isso aqui porque hoje eu vi uma foto do nosso presidente de moletom. Mas não era o Homem de Moletom. Era o presidente do Brasil descansando em Ibiúna, de moletom. Mas olhando bem, na foto, ao fundo, tem um outro sujeito. Aquele, sim, o que observa, é o verdadeiro Homem de Moletom.

Sim, porque o presidente, apesar de ficar sempre um pouco afastado dos principais fatos, apesar de nunca falar nada e nunca perguntar nada, apesar de nunca sabermos o que é que ele está fazendo lá, apesar de parecer que está lá, ele não está, apesar de tudo isso, falta-lhe a postura.

Ele não é o Homem de Moletom. Porque o verdadeiro, o nosso personagem, não faz a mínima questão de querer agradar e nem de dizer que está dando tudo certo e que o país é uma potência que está sendo descoberta e admirada lá fora.

O Homem de Moletom pode ser tudo. Menos bobo.

Minhas soluço

Fenômeno reflexo que consiste numa contração diafragmática involuntária, espasmódica, que produz o início de movimento inspiratório, o qual subitamente é detido pelo fechamento da glote, com a produção de ruído característico.

Você lembra quando São Paulo tinha garoa? Aquela chuvinha fina, que não chovia nem molhava? Nunca me explicaram muito bem por que não temos mais a garoa. São coisas do mundo, que acontecem, e a natureza não explica. A obturação, por exemplo. Sou do tempo que a "obturação caía". Era normal a obturação (que nome!) cair. Com o avanço da ciência odontológica, hoje isso é raro. Não caem mais, nem a garoa nem a obturação.

E o soluço? Já pensou no soluço? Há quanto tempo você não tem uma crise de soluço? Não sei por que, mas acho que hoje as pessoas não soluçam mais como se soluçava há uns anos. Nem aquele soluço descrito pelo mestre Aurélio como "fenômeno reflexo que consiste ...", nem mesmo aquele outro tipo de soluço, o "pranto entrecortado por inspiração ruidosa". O que se passa com o soluço? Obturaram o soluço? Faz tempo que não ouço um desagradável e interminável soluço no escurinho do cinema. Soluçávamos de paixão! Soluçávamos sem **censura**!

Soluçávamos mais, muito mais, antigamente. E, para parar um soluço, existiam fórmulas "infalíveis". Todo mundo conhecia um método, uma maneira de se acabar com ele. "Tem um jeito que não falha", sempre se adiantava um com a solução. E a vítima do soluço era levada a malabarismos, a verdadeiros exercícios de aeróbica, a contrações faciais, à autotortura. Cada família tinha seu estilo, cada povo sua solução. Lembra?

– Tapar o nariz e a boca e ficar sem respirar o maior tempo possível. A pessoa ia ficando roxa, bochecha inchada, quase explodia e nem sempre o soluço passava.

– Encher bexigas de aniversário, uma atrás da outra, até passar o soluço. Também quase matava o soluçante.

– O segredo é beber um copo de água de uma só vez, com o nariz tapado. O coitado sempre engasgava.

– Tomar um copo de água com a cabeça voltada para baixo, mas colocando a borda do copo nos lábios superiores, de ponta-cabeça. Sempre molhava a sala toda e a cabeça do doente. E o soluço ria da cara da gente.

– Assoviar o hino nacional. Inteiro, numa balada só.

– Levar um susto. Este era mais complicado porque a pessoa sabia que ia levar um susto de alguém a qualquer momento e ficava preparada.

Não relaxava. Você tinha que distrair a vítima e, de repente, outra pessoa surgia e dava um susto no soluçado. Tinha gente que morria do coração e ainda soluçava no caixão.

– Andar de cabeça para baixo, no mínimo dez metros.

E mais milhares e milhares de soluções milagrosas.

Às vezes, o soluço passava. Mas voltava, desafiador, 20 ou 30 minutos depois. Era um tormento, o soluço.

Tinha garoto que inventava que estava com soluço para não comer, por exemplo. Ou até pra não fazer a lição de casa. Geralmente este soluço falso tornava-se real depois, para desespero da criançada. Um castigo. E tinha aqueles casos crônicos em que a pessoa passava o dia a soluçar. Aí, os mais entendidos no assunto vaticinavam: se ficar soluçando dois dias, morre! Era terrível.

Naquele tempo, quando estávamos com soluço, pedia-se desculpas para as pessoas mais próximas. Por quê? Era feio ter soluço? Soluço era falta de educação? E soluçar ao telefone, então? Até explicar que se estava com soluço para o interlocutor...

Já o outro soluço, o do pranto, podia-se e pode-se combater com mais facilidade. Um alisar de cabelos na amada, um beijo na criança e o soluço passa. "Tertuliano, abraçado ao cadáver, soluçava convulsivamente", escrevia Artur de Azevedo. Ou Inglês de Souza, em *Contos Amazonenses*: "um deixava naquela saudosa praia a mãe doente e entrevada, arrastada até ali para soluçar a última despedida ao filho que partia para a guerra." Bonito. E se o filho tivesse soluços na guerra? Onde estaria a mãezinha dele para salvá-lo?

Qual seria a solução? E aqui fica a última pergunta: solução é um soluço grande? Daqueles sem solução?

Minhas censura

Exame de qualquer texto de caráter artístico ou informativo, feito por censor, a fim de autorizar sua publicação, exibição ou divulgação.

Nada como um dia depois do outro. Naquele tempo, já dizia Jesus a seus discípulos, a gente tinha que se submeter a eles, os censores, os olhos atentos dos malditos militares dantanho. Faziam da gente gato e sapato. Nos anos 70, fui umas 20 vezes a Brasília, para liberar peças de teatro ou pedaços de novela.

A dificuldade para conversar com eles era o nível. Deles. Hoje, passados tantos anos, sempre que sai alguma coisa na imprensa sobre como agiam os censores, leio, recorto e guardo. Naquele tempo, a gente chorava de raiva. Hoje, a gente chora de rir. Como não rir de um censor que pediu a imediata prisão do grego Sófocles? Como não rir daquele sujeito que, para liberar uma peça minha – sem cortes, em 69 –, me disse que tudo bem, desde que eu "arrumasse" a Marília Pera para ele.

A peça foi liberada – com 95 cortes – e a Marília nunca ficou sabendo disso.

Eles adoravam grampear o telefone das pessoas. Me lembro que um dia estava falando com o Chico Buarque, por telefone, e de repente, ele, sem mais nem menos, começou a conversar com o escuta:

– E você aí, babaca, não tem mais nada para fazer, não? Não tem vergonha na cara, não? Não tinha nenhum emprego melhor para arrumar? E a sua mulher, onde é que está? Tem certeza que ela está em casa agora? Ela tá é dando por aí, seu corno! E os seus filhos, você vai contar para eles qual é o seu serviço?

Claro que o cara ficava do lado de lá, na dele, certo de que estava fazendo alguma coisa útil para o futuro dele e do Brasil.

Outro dia o *Estadão* publicou um relatório sobre as atividades do Jânio Quadros, enquanto exilado em Corumbá, Mato Grosso, em 68. Além de exilado, ele era vigiado dia e noite por uns desses dromedários de plantão. Tá lá no jornal a noite completa do ex-presidente do Brasil, do dia 31 de julho de 1968. Jânio tinha 48 anos de idade e "morava" num hotel. Vamos ver, segundo relato oficial e só agora divulgado, o que fez o Jânio naquela noite de acordo com o que está hoje documentado no Arquivo Nacional, no Rio de Janeiro.

Ele saiu do hotel às 18h10 em companhia do seu amigo e senador Lino de Mattos e alguns deputados. Andando pela rua em **formação**, como se nunca houvera sido presidente da República, foram até a Praça da Independência (alguma ironia?). Lá, uns populares curiosos (já notou que todo popular é curioso?) fizeram questão de bater algumas fotos com o homem.

Dali foram para a casa do doutor Mojica (Marins?) onde, presume-se, tomaram umas. Ou todas. Ficaram com fome e se dirigiram – sempre a pé – para a churrascaria Rodeio. Ficaram lá até as 22h30.

Bebido, comido e conversado, voltaram todos para o hotel. Jânio se despediu deles, pegou sua chave e subiu para o seu quarto.

Foi dormir? Ledo engano. Deve ter, no máximo, escovado os dentes. O agente federal não informa o que ele fez nos 15 minutos que ficou lá. Sim, porque depois disso, ele saiu pela Rua XV, uma rua lateral, deixando os fotógrafos plantados do outro lado. Faltavam 15 minutos para as 11 da noite. Onde iria Jânio Quadros a essa altura da noite?

Seguiram o homem. Jânio, na calada da noite, dirigiu-se para a casa da viúva de um seu ex-ministro. Ficou lá exatos 50 minutos, sem tirar nem pôr. Ou pondo e tirando, sei lá. Às 23h35 o homem já estava no hotel. Lá, dois jornalistas conversavam e diziam que era possível a chegada de Carlos

Lacerda para prestar solidariedade ao ex-presidente. O informe não informa que tipo de solidariedade, nem o nome da viúva e, muito menos, o nome do ministro. Mas que o homem passou 50 minutos com ela, passou.

Mas que agente idiota é esse que não nos informa o que de melhor aconteceu com o exilado e vigiado homem? Não me interessa o que ele comeu no Rodeio. Mas, sim, o que ele comeu na casa da viúva.

Foi rápido, o homem. O Jânio era famoso por fazer tudo meio rapidinho. Cinqüenta minutos bastaram para ele entrar, fazer o que tinha que ser feito e sair. E nós, exatos 30 anos depois, por inépcia de um agente a mando do Costa e Silva, ficamos aqui, sem saber o que foi que ele fez lá dentro. Que é tudo que a gente queria saber.

Será que quando o cara redigiu o relatório, no dia primeiro de agosto, não pensou nem em mim, nem em você, mortais curiosos de 30 anos depois? Qualquer detalhe aplacaria minha curiosidade. Mas o idiota não era curioso como nós. Será que o general José Bretas Cupertino, diretor-geral do Departamento de Polícia Federal, que enviou essa subversiva noite do Jânio para o Ministério da Justiça, não teve a mesma curiosidade que nós dois?

Minhas formação

O mesmo que caga-regras.

O duro mesmo é constatar que 1980 foi há mais de 20 anos. E, nesses últimos 20 anos, surgiram duas coisas impressionantes. Só duas: o carpaccio e o Formador de Opinião.

O carpaccio é fácil de compreender e engolir. Já do Formador de Opinião, não tenho ainda uma opinião muito bem formada. É coisa recente, ainda não virou tese na Unicamp nem caiu no vestibular da USP. Mas eles existem, eles falam. Dizem, formam opiniões. Antigamente eram conhecidos como "alguma coisa"-regra.

Em primeiro lugar, não sei como uma pessoa normal passa, como num passe de mágica, a ser um Formador de Opinião. Fico a pensar como o mundo sobreviveu até os anos 80 sem eles.

Os F. de Os são requisitadíssimos. Eles têm de estar em vários lugares num mesmo momento, fazendo o que sabem: formando opiniões. O F. de Os não precisa ser nem homem nem mulher, nem jovem nem velho, nem branco nem preto, nem de direita nem de esquerda. Ele é neutro e opina sobre os mais inusitados assuntos.

Antigamente as estréias teatrais – por exemplo – eram para a classe teatral (algo mais ou menos palpável). Agora é para os Formadores de Opinião.

Eu estou escrevendo isso porque, de vez em quando, me ligam dos jornais e dizem: estamos ligando para alguns Formadores de Opinião para saber o que o senhor acha da mortadela, por exemplo. Ou seja, sou um Formador de Opinião. Não sei direito desde que dia, mês ou ano. E ando formando opiniões não por ter este espaço aqui, não. Sou, porque sou. Independe do meu ofício de escritor. Devo ter cara de Formador de Opinião!

E devo dizer, sem querer mudar a sua opinião, que não é nada bom ser um deles. Perguntam de tudo para a gente. Menos o que a gente sabe. Normalmente nossas palavras saem no jornal num lugar chamado Repercussão. Por exemplo: morre o Figueiredo e, lá no canto da página, com o título de Repercussão, estamos nós. Falando besteiras solenes, cívicas ou militares.

Uma característica dos Formadores de Opinião é que eles podem entrar e sair do grupo sem mais nem menos. O meu querido diretor de teatro Cacá Rosset, por exemplo. Teve uma época que ele dava opinião sobre tudo. Não que ele fosse metido a besta. É que achavam que a opinião dele mudaria os destinos do Brasil. O Emerson Kapaz é outro que já formou opinião sobre tudo. O Zé Celso comenta até o preço de fralda descartável. Sabe quem também é Formadora de Opinião? A Carla Perez. Começou formando opinião sobre bundas. Agora palpita na *Caras* e na cara dura. Se até eu consigo...

A imprensa nem sempre trata bem o Formador de Opinião. Outro dia mesmo, estava eu a dormir às 6h30 da manhã, toca o telefone e uma mocinha me pede para dar uma opinião sobre o Dias Gomes. Claro que eu nem sabia que ele havia morrido quatro horas antes. A gente é sempre pego de supetão. Nosso lema é sempre alerta. A qualquer momento somos convocados. Não adianta dizer que não estava na sua **agenda**. E não adianta tentar explicar que a gente não entende nada de iatismo e não anda lendo muito sobre a Chechênia da vizinha russa. Tem que ser paciente.

Ontem, por exemplo, aniversário da cidade, fui convidado a ir à Rádio CBN passar a manhã. Falando coisas que nem o Pitta saberia responder. Eu e outros vários F. de Os. Estava fora, não deu. Mas deve ter sido engraçado.

Será que os F. de Os. vêm do *Mágico de Oz*? Sim, temos de ser mágicos e malabaristas para entender de tudo e sobre tudo ter posições firmes. Até mesmo sobre um sobretudo de pele de marta.

Eu gostaria de sugerir aos demais F. de Os. do Brasil que cobrassem. Acho que devemos criar um sindicato da categoria. O Sinforopin (parece nome de remédio para sinusite, mas é isso aí). Fazer tabela de preço e contratar uma secretária pra ficar dando palpites em nosso nome.

Sim, porque aqui em casa, quem faz o carpaccio e forma opiniões, tortas e direitas, é a minha secretária. Toda secretária deveria ser uma Formadora de Opinião. Não são elas que sabem de tudo?

Aliás, quem está acabando de escrever este texto é a Leda, a minha secretária. Espero que ela não faça você mudar de opinião a meu respeito.

Minhas agenda

Caderneta, caderno ou registro, em geral com a data dia a dia, destinado a anotações de compromissos, de encontros, de despesas, etc., e que ger. traz também outras informações práticas ou apontamentos pessoais.

Como sempre acontece nos finais de ano, ganhei uma porção de agendas. Cinco, para ser mais exato. E estou pensando seriamente em devolvê-las.

Eu explico. São todas lindas, bem acabadas, uma com as tiras da Família Brasil do inesgotável Luis Fernando Verissimo, outra com poemetos do outro gaúcho, o Mario Quintana.

Mas não vou usar as agendas. E não vou usar porque elas não foram feitas para uma pessoa como eu.

Em todas elas, sem exceção, temos os horários marcados entre oito da manhã e seis da tarde. Devo confessar que jamais marcaria um compromisso pela manhã porque, como vocês sabem, é a hora do melhor sono. E sonhos. Meu dia (e de várias e várias pessoas) começa depois das três da tarde e se alastra noite adentro, como é agora. Como marcar numa agenda que, de cara, acha que a vida termina às seis da tarde?

Onde eu vou marcar que tenho que levar a minha filha para uma festa às 11 da noite e buscar o meu filho em outra às três e meia? Onde vou agendar as minhas peças de teatro, sempre depois das nove? Em que espaço marcar os jantares, de trabalho ou não, no Spot, no Balcão ou no Nabuco? Como ter certeza de que é naquele dia, às dez da noite, que eu marquei com o Mateus na Mercearia São Pedro?

Mas o disparate não termina aí, gente. Sábado, por exemplo. Para os fazedores de agenda, o sábado termina ao meio-dia. E todo mundo sabe que o sábado, para qualquer mortal, começa ao meio-dia. Onde vou agendar a feijoada com o Chico Milan, o Walminho, o Tena e a Annette? E a passada depois na casa do Fernando Morais para um uisquinho ao cair da tarde? E o futebol às cinco da tarde? E o cineminha de noite?

Vocês pensam que o absurdo termina aí? Não. Imagine a senhora que não tem domingo na agenda. Economia de papel? Como eu vou "guardar os domingos e dias santos" sem uma agenda? O que os fazedores de agenda têm que saber é que, de noite, sábado e domingo, tem muito mais coisa para se fazer do que de segunda a sexta às seis da tarde.

Estou escrevendo isto aqui na segunda de noite. Depois tenho mais dois compromissos importantes que eu tenho que guardar na memória. Ir ao aniversário do Nabuco onde fui convidado para ser júri do Juca Pato e ir à casa da minha irmã Rita para o sorteio dos amigos secretos da família Prata. Não posso esquecer. Devo escrever num papelzinho e juntar a tantos outros que tenho na **carteira**?

O que seria do Fernando Henrique se a agenda dele terminasse às seis da tarde? Já pensaram, a pasta cor-de-rosa pronta para ser aberta, chega um assessor e diz: "Presidente, são seis horas"! E fecham a agenda. E um astronauta, ficaria perdido no espaço entre meio-dia de sábado e oito da manhã de segunda? E os times de futebol, não jogariam mais de noite, nem sábado e nem domingo? Pelas agendas que recebi, não dá nem para marcar a santa missa de domingo. Nem o churrasco.

Como programar para a madrugada para se assistir àqueles hilários programas da IURD, como é chamada em Portugal a Igreja do Edir? E fazer sexo, tem que ser entre oito e seis da tarde? Ou só no sábado de manhã?

E as agendas eletrônicas, todas moderninhas, mantêm os mesmos horários fechados. Fica difícil abrir caminho na vida. E, até mesmo, respirar.

Minhas carteira

Pequena bolsa de formato retangular, dobrável e com divisões internas, para cédulas, cartões e documentos.

Pra começar, eu não me lembro quando nem onde comprei esta tal **bolsinha** de formato retangular, dobrável, com divisões internas. Ou se ganhei. Mas está tão arreganhada que deve ter, no mínimo, uns cinco anos.

É preta. De couro. Pra dinheiro, tem duas divisões. Uma delas tem um zíper que eu não me lembro de já ter usado. E, depois, tem uma porção de subdivisões. Não, não tem aquela parte de plástico para colocar a foto dos filhos. Ou da esposa. Nem mesmo da ex-esposa.

Mas tem aqueles lugares para colocar cinco, seis, dez cartões de crédito. Que eu não uso. Os cartões estão todos lá dentro. Amontoados.

Mas uma carteira não tem a menor importância vazia. E a minha está cheia e você está curiosa para saber o que tem lá dentro. Eu também. E posso te garantir que, antes de começar a escrever, eu não fui conferir nada. E prometo também não ocultar o que estiver lá dentro.

Comecemos com a grana. Deixa eu ver quanto tem. Tem nove notas de 10, uma de cinco e seis de um. Total: 101 reais. Cem eu ganhei no bingo Augusta agora mesmo. Sempre dou uma passadinha lá, depois de almoçar no Ritz. Conhece o Ritz? Sempre que vou lá, me lembro do Ritz de Paris onde, naturalmente, nunca fui. É chiquérrimo e, com aquele paletó azul, não ia dar mesmo. Se você um dia for ler alguma biografia do Marcel Proust, vai ter uma descrição bem detalhada do boteco (o de lá, não o daqui). O Proust, que vivia com uma renda de 20 mil dólares mensais (no começo do século, faça as contas), costumava chamar os amigos (que variavam de 20 a 200) para o café da manhã, depois de todos beberem todo o absinto da cidade. Vida dura, né, essa em busca do tempo perdido (desculpa, não resisti).

Mas voltemos à carteira: tirei tudo dos compartimentos abertos, digamos assim. Temos:

– carteira de identidade que começa com dígito 3. Esse negócio do número da carteira de identidade é a maior bandeira de idade. Outro dia uma leitora me mandou um livro escrito por ela, dizendo que tinha 32 anos. Mas o RG dela era dígito 5. Ou seja, ela deve ter entre 45 e 50 anos. Se o seu for 25, por exemplo, é bem novinha. Em torno de 20.

Acertei? A CI tá bem ruinzinha. Tem – acredite –, em duas pontas, dentadas de um gato de uma ex-namorada. Não me lembro o que eu fazia com a identidade solta na hora do amor. Mas o gato mordeu. Me lembro bem da cena. Foi em Botafogo, no Rio de Janeiro.

- dois cartões do Bradesco Saúde. Estão assim logo em primeiro plano porque foram usados ontem na oculista.
- depois tem um comprovante da Ótica Ivy, aqui perto, na Augusta. Mandei fazer outros óculos. Três. Um pra perto, um pra longe e um – foi para isso que eu fui à oculista – para o computador, que é uma distância filha da puta porque – os oculistas não previam essa distância – não é nem perto, nem longe. É ali. Uma merda mesmo essa distância. Nenhum dos meus dois óculos resolve.
- um cartão de associado da FNAC, que me dá a vantagem de não pagar estacionamento e tenho o grande desconto de 5%. E eu adoro ir até lá. Principalmente aos sábados. Gosto de ir lá gastar. Mando ver os cartões. DVD, livros e essas coisinhas tipo papelzinho pra isso e aquilo, revistas que vem CD-ROM junto. Vejo agora que a validade está por pouco. Sábado vejo isso.
- carteira de motorista. Vencida em fevereiro de 2000. Juro que eu não sabia. Prova que eu não tenho mostrado a dita por aí. O pior é que ela é de Lins. Vou ter que ir até lá. É sempre uma desculpa. Na expectativa que o guarda não me pare no meio do caminho... Atrás dela está escrito: vedada atividade remunerada. Mal sabe o Detran que é guiando que tenho as melhores idéias (quando tenho). Mas a polícia sempre parte do princípio que nós, motoristas, não pensamos. Muito menos que ganhamos dinheiro com isso.
- cartão do Blockbuster. O pior é que toda vez que vou lá comprar um filme, compro pipoca. E nunca faço pipoca em casa. Vence a validade, jogo no lixo. Mas não consigo resistir ao pacotinho. Acho a coisa mais

moderna do mundo. Coloca no microondas e ele começa a estourar. Modernérrimo!

– cinco cartões de visitas meus mesmo. Feitos aqui, no computador. Tem uns três em condições de alguma visita. Os outros dois estão amassados. Sujos, para dizer a verdade.
– três santinhos. Minha mãe vai me dando e eu vou colocando lá. Nada contra. Uma Nossa Senhora das Graças. Deve proteger o meu humor, sei lá. Uma Santa Rita de Cássia. Nessa, está escrito atrás (nunca tinha lido, veja você): "santa dos impossíveis, advogada dos casos desesperados, auxiliadora da última hora, refúgio e abrigo da dor que arrasta para o abismo do pecado e da desesperação". Céus, estou com ela na carteira há tanto tempo e nunca soube disso. E, por fim, um sujeito vestido de romano. Deixa eu virar para ver quem é: Santo Expedito! Diz aqui que é para problemas de difíceis soluções. Devo declarar que, em matéria de santos, estou muito bem servido. Mãe sabe das coisas.
– um cartão do Spa São Pedro. Mais santo! Com alguns telefones escritos atrás que não devo divulgar aqui. Três...
– mais três cartões de crédito.
– cartão Smile da Varig. Fui obrigado a me associar a esse troço em Paris, depois da Copa, porque estava com excesso de bagagem. A mocinha falou: entra no Smile (disse toda sorrisos) que eu libero. Pode? Agora tenho, todo mês, que ficar vendo pra onde é que eu posso ir. De graça, é claro.
– cartão do seguro do carro. Nem sabia que estava na carteira. Nunca usei, felizmente.
– um pedacinho de barbante para dor de cabeça.
– cartão de visita da Costela & Cia, restaurante de um japonês em Sorocaba que faz costela de vaca. E faz bem demais. Mas eu estou com o cartão dele porque eu gostei dos bancos do restaurante e quando soube que

ele mesmo que tinha desenhado, cortado e feito, encomendei três. Depois mais cinco. Depois mais quatro. É que todo mundo que vem na minha casa gosta. Mando o japa fazer e dou. E, no último pagamento, roubaram o cheque dele. E descontaram. Aí começou uma operação de guerra para saber quem tinha sido o ladrão. Microfilmes de bancos, mails pra cá, pra lá. Ele acabou descobrindo. Estou pensando em abrir uma franquia com ele em Uberaba.

– sabe aqueles vales que te dão quando você compra um CD e se você juntar dez ganha um? Estou aqui com um de uma loja chamada Tsutaya, que eu não faço a menor idéia de onde seja. Nem a cidade. Desconfio que seja em Campinas. Andei por lá outro dia. Tem quatro carimbos. E umas rubricas. Vou jogar fora. Ocupando espaço na minha bunda.
– acabo de descobrir que a minha hora no dentista (doutor Sergio Junqueira) era hoje e não amanhã. Dancei.

Vamos ver as partes mais escondidas dela.

Encontrei dez objetos lá nos meandros da danada. Juro que tem um negócio ali que me acompanha há mais de 20 anos. Tem coisas que eu não sabia que ainda estavam lá. E tem até uma pílula de Viagra. Além de outras pílulas. Quanto ao Viagra, eu chego lá. Não vá imaginando coisas. Ainda.

Tive que lavar as mãos depois de tirar tudo para fora. E descobri que a situação lá dentro tá péssima. Os paninhos estão esfarelados. Tem compartimento se ligando com compartimento. Sabe como é? Você coloca num lugar e dá para tirar por outro.

O objeto que tem mais de 20 anos: deve ser de 1977. Mais precisamente do dia primeiro de janeiro de 1977. Almoço de réveillon. Foi lá no Rio de Janeiro, na casa da Rosamaria Murtinho e do Mauro Mendonça. Na época, o Mauro fazia a minha novela *Estúpido Cupido*. E como fazia bem! Um delegado rabugento. Me lembro dele sempre dizendo para a rapaziada da praça: circulando! circulando! circulando!

Pois o Mauro e a Rosinha são famosos pelos seus almoços de réveillon. Conhecido lá no balneário como A lentilha da Rosinha. Isso, o almoço é de lentilha que é para dar sorte o ano todo. Depois, já no final da tarde, cada convidado recebe um saquinho de plástico. É o que eu tenho aqui. Dentro dele tem algumas lentilhas (velhinhas, já com 23 anos), uma folha de arruda e uns coraçõezinhos mínimos, dourados, bem pequenos. Isso aí sempre me acompanhou, de carteira para carteira.

Estou hoje descobrindo que ali dentro é mesmo um reduto de anos-novos. Tem uma nota de um dólar dobradíssima. Não me lembro da origem dela. Depois tem uma outra nota, com umas sementinhas dentro (mais lentilhas?). O interessante é a nota. É uma nota de 1.000 cruzeiros reais. Assim mesmo, está escrito: mil cruzeiros reais! Que época foi isso? O ilustre brasileiro estampado nela é o educador baiano Anísio Teixeira. Meu Deus, veja a coincidência. Passei o réveillon do ano passado, lá em Salvador, na casa do filho do Anísio, o psicanalista Carlinhos Teixeira. Mal podia imaginar, naquele dia, que estava sentado em cima do pai dele.

Tem mais uma nota de dinheiro. Uma vermelha de 100 cruzeiros, antiga, com o Duque de Caxias, aquele caxias. Com uma letra horrorosa, primária, está escrito na nota, ao lado do duque: "Com essa nota no bolso nunca faltará dinheiro!" Sei, não...

Ah, a medalhinha de Fátima. Quando morava em Portugal, fui umas dez vezes lá no santuário dela. Um lugar incrível. Um espaço cheio de climas. Parece aeroporto de disco voador. Com todo o respeito. Pessoas que chegam lá do infinito, andando de joelhos. Uns, com joelheiras. Outros, mais machos, desfolhando o joelho. Coisa de doido milagroso, mesmo. Nesta medalhinha, no centro, tem uma bolinha e, lá dentro, um pouco da terra de Fátima. O comércio lá é incrível. Tem até picolé com a imagem da Nossa Senhora. Você vai chupando a santa até ficar só no palitinho. Tem doce, também.

Mas o clima é incrível. Um dia, quando eu percebi, estava na fila para a comunhão. Comunguei. Me senti bem. Fazia uns 30 anos que eu não comungava. E eu não comungava mais porque durante nove anos, no colégio salesiano, eu comunguei todo dia. Fiz umas contas e tenho certeza de que eu já estou comungado até 2.023. É uma parte da minha vida já resolvida.

Deixando os réveillons e as medalhinhas de lado, chegamos num cristal. Tudo pra dar sorte, está vendo? Esse cristal alguém me deu há uns dois anos, no aeroporto de Belo Horizonte. Para liberar o astral, me disse a mulher. Meti na carteira.

Agora vêm os remédios. Dois Frontal. Pra quem não sabe, o Frontal é primo-irmão do Lexotan. Se você não sabe o que é Lexotan é porque você está bem, muito bem. Portanto, nem queira saber. É um troço pra meio-louco. Pra depressão. Em 93, eu tive a tal da síndrome do pânico, que eu não recomendo pra ninguém. Depois que a gente sara, fica no ar (da cabeça) uma coisa que eu chamo de medo do medo. O medo de ficar com pânico. Para isso, um Frontalzinho ou um Lex. Faz anos que eu não tomo. Mas, para segurança, ficam ali. Dois. Rolou, tomo.

Eu sei que você está me esperando, até agora, para eu explicar o que faz o Viagra na minha carteira. Eu explico.

Foi assim:

Um dia – e isso tem uns três anos – estava num almoço na casa do Jair, meu psicanalista e vizinho. Estava ele e a mulher, o psicanalista Tenório e mulher (hoje não mais sua mulher), o Mateus e a filha, o Reinaldo (aquele que fumou o Machado) e filhas. E os psicanalistas começaram a dizer dos pacientes que estavam se dando bem com o tal do Viagra. Até então, da turma ali, ninguém tinha experimentado. E resolveram que eu, o único ali solteiro e sem filhas por perto, seria a cobaia. Foi a Ana, mulher (já não é mais) do Jair e também psicanalista, quem me fez a receita. Queria me dar uma de 100mg, mas achei que seria forte demais. Mas também não quis o de 25mg. Fiquei com o de 50mg. Liguei para uma namorada meio de plantão e médica. Sim, poderia acontecer coisas. Sei lá que coisas. Coisas, né?

Saí de lá com a receita e o compromisso de ligar depois para contar para todo mundo da performance. Ah, a médica não sabia de nada. Naquela altura eu mesmo queria saber se ela notaria alguma coisa de diferente.

A primeira providência foi procurar uma farmácia longe do meu bairro. Não ia pegar nada bem alguém me ver comprando aquilo. Fui lá pra Vila Mariana, onde senti que poderia estar seguro.

Entrei na farmácia como um adolescente para comprar camisinha. Já estava lá dentro, quando notei que só tinha mocinhas no balcão. Não dava mais para recuar. Cheguei no balcão, me curvei todo, tirei a receita da Ana do bolso da camisa, falei baixinho, apontando a receita já aberta:

– Tem?

A mocinha leu a receita e ergueu os olhos para mim. Tenho certeza de que ela ficou com dó de mim. Um subtexto passava pela testa dela:

– Tão novinho, coitado.

Fiz cara de que era para o meu pai. Ou avô. Ela gritou lá para o fundo:

– Cidinha, tem Viagra 50?

Uma velhinha, lá da outra ponta, me olhou. De cima em baixo. E, não sei bem por que, sorriu para mim. Solidariedade, talvez.

A Cidinha veio, olhou a receita, pegou uma chave numa gavetinha e sumiu lá no fundo. Eu já ia dobrando a receita, mas a mocinha primeira tirou da minha mão, estendeu no balcão e meteu um carimbo na parte de trás. Um carimbo imenso que ocupou a totalidade do verso antes em branco.

– Nome completo!

E depois: endereço, telefone, cic, rg. E mais uma porção de coisas. Chegou a Cidinha com a caixinha. Escrito com letras enormes: VIAGRA. Em azul, com fundo vermelho.

Peguei a caixinha para colocar no bolso, a mocinha não deixou. Colocou junto com a receita dentro de uma cestinha. Eu teria que atravessar toda a farmácia – claro, eu estava lá no fundo – e ir até o Caixa, que ficava quase na calçada, carregando a cestinha com aquilo lá dentro. E tinha fila.

Fiquei ali fazendo hora, esperando a fila rolar. Entra a Clara, filha da Marjorie e do Dênio, 17 anos, com duas amigas.

– Olha o Prata!!!

E vêm as três para o meu lado. Com a mão esquerda levantei a cestinha até a altura da cabeça, como se estivesse coçando a orelha. E assim permaneci enquanto conhecia aquelas gracinhas.

Depois, no Caixa, a porra da máquina não reconhecia o meu cartão. E a fila foi aumentando. E a caixinha ali, na mesinha, pra quem quisesse ver. Tentei colocar a receita em cima. Foi um horror. Caiu tudo no chão. Eu suava, juro.

Consegui sair dali. Pelo menos dez pessoas já sabiam que eu usava Viagra. Passei no super, comprei umas cervejas para mim e para a médica. Eu precisava relaxar antes de desrelaxar.

Cheguei em casa e já tomei um. Vieram quatro (o último deles é este aqui)! Depois de uma meia hora, percebi que havia esquecido as cervejas no porta-malas do carro. Desci para buscar. Era domingo, umas sete da noite. Quando entrei na garagem do prédio, a menina do 21, com uns 18 anos, estava voltando da praia. De shortinho. Assim que eu entrei, vi aquilo debruçado para dentro do porta-malas, tirando as coisas. Uma bunda de 18 anos, carta recém-tirada. Aí bateu! Normalmente já bateria. Mas, preparado como eu estava, bateu 50mg a mais. Preferi sentar e esperar ela descarregar tudo. Não havia dúvida, a coisa funcionava mesmo!

Depois fui lá, peguei as cervejas e subi.

Minhas bolsinha

Qualquer de vários tipos de saco com alça ou sem ela, de tamanho adaptado ao seu uso, e feitios diversos, ou de carteira, em geral com fecho, usado para guardar dinheiro, documentos, lenço, objetos de toalete, etc., e que podem ser feitos de couro, tecido, metal, plástico, etc.

Quem diria, hein?, parabéns, virou grife!

Ouvi isso há dois anos no cinqüentenário do Karabeth, amigo de infância, no interior. Foi uma amiga dos velhos tempos quem me disse a enigmática frase. Confesso que não entendi e nem perguntas fiz. Deve ter pirado, a coitadinha.

Meses depois, recebo um telefonema de um leitor me avisando ter achado, na rua, uma pequena placa com meu nome. Não entendi. Minha cunhada me alerta:

– Vi uma bolsa na Augusta com o seu nome.

– Como é que é? Imagina...

Estou a fazer uma palestra para os alunos do curso de Jornalismo do *Estadão* e uma garota, com uma bolsa a tiracolo, me pergunta:

– Por que o senhor (senhor!) vendeu seu nome para uma bolsa?

A pergunta foi meio agressiva, com um subtexto: um escritor virar bolsa?

Ela tinha a bolsa. Levou até o palco. Ali, na frente de 60 interessados futuros jornalistas, tive o meu primeiro contato com ela, a bolsa. Estava escrito lá, numa placa: Mario Prata. Marca registrada. Deu uma certa emoção, devo dizer. Marca registrada? Como é que pode? Meu Deus, pensei eu, depois dos 50, virei bolsinha. Por sinal, uma bela bolsinha. Bom couro, bom acabamento. Era o mínimo que eu podia esperar de uma Mario Prata.

– Sim, uma. Além de virar bolsinha, virei feminino.

– Por favor, o senhor tem a Mario Prata?

– Quanto que está a Mario Prata?

– Não tem Mario Prata maior?

– Nossa, como é linda a Mario Prata!

– Cabe tudo na Mario Prata.

– Só tem Mario Prata preta?

– Tá barata a Mario Prata?

Comecei a ficar invocado. Descubro que eu sou fabricada em Birigui, interior de São Paulo, ao lado da minha Lins. Peço ao meu advogado e amigo Sergio Antunes para entrar em contato com o dono. Ele telefona. Atendem:

– Bolsas Mario Prata, um momentinho, por favor.

Ele tem um acesso de riso. Tem que desligar. Resolve escrever. Ficamos sabendo que o dono é armênio e, segundo ele, o seu nome de origem, traduzido para o Brasil, daria Mario Prata. Bem, eu não sabia que andavam traduzindo nomes estrangeiros por aqui. Jack Lemmon, por exemplo, deveria ser chamado de Joãozinho Limão.

No spa São Pedro, em Sorocaba, encontro com uma bem informada obesinha biriguiense. Me disse:

– Ih, menino, a fábrica da Mario Prata cresceu muito depois que começaram a fazer as bolsas. Estão ricos.

É, ficaram ricos e ampliaram a fábrica à custa de Mario Prata. E eu, o Mario Prata, como é que fico? Fico cheio de carteiras, batons, espelhinhos, talão de cheques, camisinhas, cigarro, isqueiro, conta do telefone, canetas vazando, cepacol, absorventes mais do que íntimos e, quiçá, uma baganinha. Tudo dentro de mim? Daqui a pouco vão me seqüestrar pensando que, além de virar bolsinha, virei milionário.

Saí andando pelas lojas da cidade:

– Mario Prata em liquidação!

– Leve a Mario Prata em três vezes sem juros!

– A Mario Prata, agora, com cartão!

– Cheques para 30 dias!

Na Le Postiche, o meu nome em letras garrafais como nunca ganhei em nenhuma peça teatral minha. Nem em outdoor de telenovelas.

Minha mãe me liga:

– Que história é essa, menino?

Meu pai:

– Não tem vergonha na cara, não? Nessa idade, meu filho...

Minha filha me manda um e-mail de Londres:

– Pá, fiquei sabendo aqui que...

Bolsinha. Não me faltava mais nada.

Por que eu? Não podia ser bolsas Paulo Francis, bolsas João Ubaldo Ribeiro? Luis Fernando Verissimo? Bolsa Millôr soa muito melhor. Parece estrangeira. Mino Carta? Loyola Brandão? Mathew Shirts, para parecer americana? Frank **Sinatra**, bolsa azul. Experimentem Sergio Motta só para ver o trator triturando bolsas. Mas, não. Mario Prata.

Estive pensando: se este armênio pode (e pôde) traduzir o nome dele para o português e deu no que deu, eu posso também trasladar o meu para o armênio e, é claro, vai dar o nome original do bolseiro.

Sim, esta será minha maquiavélica vingança. Me aguarde, senhor: na minha próxima novela de televisão vou criar um personagem chamado Mario Prata em armênio (o seu nome) que será inesquecível. Todos os vilões que a novela brasileira já criou parecerão virgens anjos perto desse. Vou eternizar o seu nome, meu senhor.

E você vai ficar quietinho, aí em Birigui, virando bolsinha. Pra ver o que é bom pra tosse e dor de cabeça. Vamos aguardar o próximo capítulo, em suaves prestações.

Minhas Sinatra

Francis Albert Sinatra, cantor e ator de cinema americano. Um dos mais populares intérpretes dos EUA, protagonista de filmes musicais de grande bilheteria.

Sabe quantos anos a Kim Novak tinha quando o Sinatra comeu ela? 22 aninhos. Ele tinha 40. Corria o ano de 1955. Morreu de inveja? Você ainda não viu nada.

Passei o domingo lendo as notícias da morte dele. Anotei mais de 50 mulheres que passaram pela cantada dele. Selecionei 30. Aquelas todas que nós homenageávamos tanto. Fiquei curioso. Quantos anos ele e elas teriam quando o ato de fato se deu? Prepare o seu coração e volte no tempo comigo, como eu fiz na Internet.

Tudo começou com a Lana Turner, "the sweater girl" de 46. Ele com 31, ela com 26. E olha que ela era mulher do Tarzã, Lex Baxter.

Três anos depois, em 49, ele pegou uma morenaça texana, a dançarina Ann Miller. 30 anos, só quatro a menos que ele.

Ava Gardner tinha 27 quando ele a tirou do Mickey Rooney. Ação entre baixinhos, em 49.

Em 51, ficou com a Shelley Winters, um pouco coroa, 29, indicada para o Oscar de coadjuvante. Dois anos depois, em 53, uma modelo e atriz chamada Grace Kelly. Sabe quantos anos ela tinha? 25. Repito: Grace Kelly com 25 anos. Ele tinha 38.

54 não foi um bom ano. Donna Reed, de 33, ex-rainha do *campus* do Los Angeles City College. Coroa, 33 anos, mulher de um jornalista.

Mas em 55, quem? Kim Novak. Já disse: 22 anos. Ele, 40. Mas essa era uma galinha. Deu para o Sammy Davis Jr, para o Cary Grant e para o príncipe Ali Khan. Neste mesmo ano, a Shirley Jones, de 21 anos.

Laureen Bacall largou o Humphrey Bogart que era 25 anos mais velho do que ela, que tinha 32. Ficou com o Frank, que completara 41.

Em 57, o homem estava impossível: Marlene Dietrich (que tinha 55 anos), a Shirley MacLaine (que tinha 23) e, para encerrar o ano, a Sophia Loren, com 22 anos. É, a Sophia Loren já teve 22 anos! Tudo isso aos 43 anos.

No ano seguinte, Martha Hyer (com 34) e a Natalie Wood, já veterana em Hollywood, que tinha 20 anos!

60 não foi um bom ano. A perua Eleanor Parker, já com 36 anos. Só oito a menos. Mas deu para tirar uma **casquinha**.

Mas em 1961, "The Penis" barbarizou: Judy Garland (tinha 39, mas com uma filhinha de 15, a Liza), a Angie Dickinson, com 30 e a, céus!, a Marilyn Monroe, com 35, um ano antes de se matar. Consta que nesse ano ele já estaria transando com a mulher do presidente dos EUA, a Jacqueline, que tinha 32, com quem viria a ter um caso mais tarde. Gagarin, russo, primeiro homem a subir ao espaço, sobrevoando as colinas de Beverly, teria dito: a Terra é azul!

1962 foi meio fraco. Joan Collins, uma inglesinha de 29 anos, e Janet Leigh, ainda com os cabelos molhados, saindo do chuveiro, aos 34.

No ano seguinte, aos 48 anos, uma gracinha de 22. A Jill St. John, que depois daria até para o Kissinger.

Em 64 temos a Barbara Rush com 37 anos, só 12 mais moça do que ele. E mais uma, a Anita Ekberg, com 33 seios, perdão, anos. Esta foi a única a dizer que "The Penis" não era bom de pênis.

Só para contrariar, no ano seguinte ele foi de virgem. *O bebê de Rosemay*, Mia Farrow, tinha 20 anos! Ele, 50. Uma festa e tanto que durou dois anos.

Lembra da Virni Lisi? Também. Ele com 52, ela com 30. Italiana, daquele filme *How to Murder Your Wife*.

1968 foi demais. O mundo inteiro gritava que era proibido proibir e ele, só para contrariar: Lee Remick (35 anos), Jacqueline Bisset (inglesinha de 24 anos) e Sue Lyon, a Lolita do Kubrick, já meio passada, com 21 anos. Foi o recorde de diferença de idade: 31 anos.

Entrou em 69 com a Rachel Welch, bem mais velha que a Lolita. 29 anos. Ele, 54.

Em 73, ele já cansado, com 58 anos, ainda dedicou mais duas temporadas para a Jacqueline Bouvier Kennedy Onassis.

Em 1975/6, o canto do cisne. "The Penis" recolhe-se para a coxia com uma tal de Barbara Marx que eu não tenho a menor idéia de quantos anos tinha e nem de onde surgiu.

É aquela velhinha simpática que todo mundo viu no enterro dele e que hoje deve ter a idade somada da Mia Farrow, da Kim Novak, da Sophia Loren, da Jacqueline Bisset, da Sue Lyon, da Ava Gardner, da Grace Kelly, da Marilyn Monroe e de tantas outras meninas com quem a gente tanto sonhou.

Fica aqui a minha última homenagem não a elas, tantas vezes homenageadas, mas a ele, "The Blue Penis".

Minhas casquinha

Folha delgada, de madeira fina, metal precioso, etc., que reveste obra de material comum.

A mídia adora saber a opinião de pessoas conhecidas (artistas, políticos, músicos, esportistas, etc.) sobre tudo o que acontece no Brasil e no mundo. Nasce um chimpanzé no zoológico e logo temos as opiniões de Cacá Rosset, Emerson Capaz, Romário, João Sayad, Fernando Morais, Angeli. Um casal se separa e eles querem saber da "repercussão", como chamam a isso. Chico e Marieta se separaram e a *Veja*, a *IstoÉ*, a *Manchete* e o *Jornal do Brasil* me telefonaram. Como se eu tivesse alguma coisa a ver e a saber com esse momento difícil que devem estar passando os meus amigos. Já dei depoimentos sobre tudo. A Silvia Popovic, minha imensa amiga, vive me chamando para dar opiniões sobre assuntos que não sei. Outro dia gravei um depoimento para a Band dando os parabéns para a cidade de São Paulo. E por aí vai.

O Cacá Rosset, por exemplo, já repararam? Opina sobre tudo, esse também meu amigo. Outro dia me ligaram querendo saber que rumo eu daria para a trama da novela *Dona Anja* do SBT. Sem ao menos perguntar, antes, se eu já havia assistido a algum capítulo.

Nunca ninguém me procurou para saber qual é a coisa que eu mais gosto de fazer, depois daquelas duas ou três tradicionais, eternas e internacionais. Pois, se um dia me perguntarem, não vou hesitar em responder:

– O que eu mais gosto de fazer na vida é tirar casquinha de feridas. Isso mesmo que você leu: arrancar a casquinha com a unha e ver surgir, como um pingo, um pouquinho de sangue que, para minha felicidade, dentro de alguns dias me fornecerá uma nova e prazerosa casquinha. A boa casquinha é a que sempre se renova. A sem **pêlo**.

Quando os meus filhos eram pequenos, eu corria atrás deles. E das casquinhas. Criança sempre tem muita casquinha fresca. Mas a arte de tirar casquinhas tem as suas manhas. Não pense que é só chegar, meter a unha lá e arrancá-la num só golpe. Isso é coisa de amadores.

É necessário que se cultive a casquinha. Que se cuide bem dela, que a alimente para ela chegar no ponto ideal de textura e rompimento. E, quando ela estiver no ponto, nada de pressa. O prazer requer certos cuidados e algumas técnicas. Como um bom dum orgasmo. Uma das técnicas, por exemplo, é ficar rodeando a bicha com o dedo, deixando-a excitada. Você faz que vai, mas não vai. Ela começa a coçar gostoso, como se pedindo para ser arrancada. Ela fica vermelha, em volta fica tudo arrepiado. Aí sim, você vai, bem devagarzinho, levantando um lado. Aí deixa esse lado e começa pelo outro. Nunca tenha pressa em arrancar uma casquinha.

As melhores casquinhas, digo de cátedra, são as próximas aos ossos. São as que mais proliferam, que mais se reproduzem. Tenho algumas na canela, que venho cultivando desde a Semana Santa do ano passado. Tudo começa com os borrachudos nas praias. Depois é só cuidar delas com carinho. Não pense você que sou só eu que gosto de fazer isso. Uma vez, há uns 20 anos, eu estava entrevistando o Gilberto Gil para a *Última Hora* e, sei lá por que, veio esse papo de casquinha. E o Gil me disse:

– Estou cultivando uma aqui nas costas, maravilhosa.

Me mostrou. Fiquei com inveja. Uma casquinha quase de uma polegada. E ele, com a calma e meditação nobres para o momento, começou, na minha frente, a enfrentar a danada, divina e maravilhosa. O gravador continuou ligado e ainda tenho a gravação com os sonoros e ritmados ais e uis do bom baiano.

Tenho quase a certeza de que aquela velha expressão "tirar uma casquinha duma mina" (ou seja, tirar um sarro, ficar) vem das casquinhas das feridas.

Minhas pêlo

Cada um dos apêndices filamentosos da pele, compostos de ceratina.

MONTEVIDÉU – Bonitas, escandalosas e cafonas são as estolas, os casacos de peles das senhoras uruguaias, debaixo dos **guarda-chuvas** cinza da 18 Julio. Fico olhando e imaginando quantos bichinhos não foram mortos para aquecer as nossas amigas cá dos pampas. Aqui, cabelo também se chama pêlo. E eu, que ando coçando um pouco por acá, fico a pensar em pêlos. Nos pêlos nossos, humanos.

Acho que, através dos pêlos, podemos, mais ou menos, saber a idade do ser humano. Senão, vejamos.

Nascemos sem nenhum pêlo no corpo. A coisa então começa pela cabeça. Os primeiros cabelos. Uma sobrancelha aqui, outra ali, fininhas. E cílios. Depois há um período grande onde não nascem mais. Vai passando o tempo e começam a aparecer pêlos nos peitos, nas axilas, na região, digamos, pubiana. Os pêlos invadem nossas pernas. Já somos adolescentes e quase macacos. Nas mulheres o processo é mais discreto, mas, mesmo assim, algumas ganham cinco ou seis pelinhos desagradáveis em torno do bico do seio. Como também, em algumas, desce um pequeno riozinho entre o umbigo e mais lá embaixo. Mas esses são altamente estimulantes.

Já estamos mais um pouco grandinhos e começam a nascer cabelos dentro do nariz da gente. Não há tesourinha que resolva. Corta, coca, a gente espirra. Quando você começa a se habituar com os do nariz, surgem os últimos pêlos no homem: dentro da orelha. É um horror, aquilo saindo para fora. Pronto, você já é um homem maduro, com todos os pêlos que tem direito. Nos anos 60 você teria tudo para fazer sucesso na peça *Hair*.

Aqui começa outra fase. É a do embranquecimento. O processo acompanha a mesma ordem. Começa pelos pêlos da cabeça e vão descendo, às vezes, numa velocidade alucinante. É quando os garotos na rua deixam de te chamar de "tio" e passam a chamar de "vovô". É duro, mas é a branca realidade. Quando os cabelinhos do nariz começam a ficar brancos, é que você já passou dos 40. E eles são terríveis. São mais duros e retinhos. Saem para fora, invadindo o bigode que também já começa a ficar branco. Dizem que os pentelhos seriam os últimos a ficar brancos. Mentira. Temos aqueles lá na orelha esperando o momento da senilidade pilosa. Quando os da orelha ficam brancos, sua vida já está numa curva irreversível. Tá velho, meu filho. Começa a irritação.

É quando começamos a pintar todos eles. Mas não adianta, você sabe que, por baixo daquela tintura toda, tá tudo branco. E todo mundo em volta de você também sabe, para nosso desespero.

Depois que todos já estão branquinhos e você a brincar com seus netos, começa a última etapa. A queda dos cabelos. Como sempre, pela cabeça. Mas nada como aqueles da barriga da perna. Acompanhei a queda deles do meu avô e agora do meu pai. Eles vão ficando com a barriga da perna lisinha, revelando varizes precoces. Sempre olho para a barriga da minha perna. Ainda estão lá, felizmente. Os do peito caem logo em seguida.

O homem vai ficando lisinho, como nasceu. No final da vida, está estendido, todo curvado numa cama, todo desnudado, despelado, como se quisesse voltar ao útero materno, quentinho, sem nenhum cabelo para atrapalhar.

E descansar em paz.

E, quando exumarem o seu caixão, daqui a uns anos, tudo terá virado pó. Menos os cabelos que ainda lhe restavam. Amarillos, pero firmes e fuertes. Es la vida.

Pêlo sim, pêlo não, ou muito pêlo contrário.

Minhas guarda-chuva

Armação de varetas móveis, coberta de pano ou de outro material, usada para resguardar as pessoas da chuva ou do sol.

Estamos já no século 21. Nos últimos anos a informática mudou o mundo. Todas as ciências, todas as profissões, toda a sociedade foi beneficiada por ela. O mundo evoluiu. Já conseguimos pousar até em Marte. Tudo é moderno. Mas, se você observar bem, vai perceber que um único objeto jamais se modernizou. Até o casco mudou. Mas não o guarda-chuva. É o mesmo desde que foi inventado. O guarda-chuva.

O guarda-chuva. Existe coisa mais antiga que o guarda-chuva? Desde que foi inventado é igual. Talvez nem tenha sido o *homo sapiens* quem tenha tido esta idéia primária. Talvez, antes, algum macaco, um dia, com a macaca, pegou umas folhas de palmeira, umas varetinhas, espetou um galho e foram namorar cantando na chuva. Com o mesmo guarda-chuva que Gene Kelly cantaria milhões e milhões de anos depois.

Observe a sua cidade num dia de chuva. Não parece que estamos nos anos 50? Ou menos? Não é satisfatório imaginar que esse objeto que você abre quando chove foi usado um igualzinho pela Cleópatra, pelo Caim, pelo Matusalém, pelo D. Pedro I, pelo Maquiavel, pelo Tiradentes, pelo Einstein? Isso nos iguala ao resto da humanidade. E daqui a milhões de anos, estarão usando o mesmo guarda-chuva?

Estive na semana passada em Brasília. Choveu. Os brasilienses abriram seus guarda-chuvas. A cidade perdia o seu encanto de modernidade e ficava parecendo com a Rua Direita de qualquer cidade do mundo. De uns tempos para cá inventaram uns que se dobram uma, duas vezes, coloca-se uma capinha, cabe na bolsa de qualquer um. Mas, quando se abre, fica igual ao usado por qualquer russo do século passado. Tem de pano, de plástico, de couro. Tem varetas de alumínio, de madeira, de silicone, até. Mudam o cabo. Fazem cabos retos, tortos, com bolotas na ponta. Mas são todos iguais. Tem preto, branco, colorido, tem até o do Banco Nacional. Tudo igual. E o pior é que a gente sempre se molha. Ou seja, é um objeto que não deu certo, definitivamente. E mais, entra-se com ele na casa dos outros, nos restaurantes, nos cinemas, e vamos logo molhando o chão alheio. E depois, onde colocar aquela coisa flácida, molhada, respinguenta? O incômodo está instalado. E o pior é que a chuva passa, você vai embora e esquece o guarda-chuva em algum lugar. Sempre.

Será que a ciência, tão adiantada para várias direções, nunca vai dar um jeito de inventar alguma coisa moderna, um líquido, por exemplo, que a gente daria uma espreizada e ficaria imune das gotas de água? Será que nunca poderemos dançar na chuva sem precisar de um guarda-chuva? Sem falar no nome do objeto, que está errado. Porque, decididamente, ele não guarda chuva nenhuma. Talvez em espanhol tenha um nome melhor: paraguas. Sem contar nos motivos de riso que, às vezes, tal objeto nos oferece.

Lembro-me do enterro de um velho tio no interior. A viúva, já velhinha, foi de peruca para o sepultamento do marido. Quando o caixão estava descendo para a cova definitiva, caiu a maior tempestade. Um parente, ao lado da desconsolada, cheio de **homoternurismo**, logo abriu o guarda-chuva para proteger a velhinha, que já estava toda molhada de sinceras lágrimas. E não é que a varetinha do velho objeto arrancou a peruca da velha? E nem o parente e nem a abalada viúva perceberam o incidente? A peruca ficou lá em cima, pendurada na varetinha, exposta à chuva torrencial. Mas as pessoas que estavam do outro lado da tumba não só viram o inusitado espetáculo como trocaram o choro sentido por gargalhadas ruidosas. Até o padre engasgou o seu latim. E a coitada da minha tia lá, toda molhada. E careca.

Minhas homoternurismo

Amizade intensa, ternura, companheirismo com pessoa do mesmo sexo: amigo(a) de infância.

– Homem gosta de homem!

Disse, corajosamente, o cartunista Miguel Paiva (Radical Chic) na semana passada no gostoso (e gostosa) Marília Gabi Gabriela. É preciso ter peito para fazer-se uma declaração dessa em público. E, quem tem peito, geralmente, são as mulheres. E a Marília retrucou:

– Mulher também.

Escrevi e montei uma peça há uns anos, chamada *Besame Mucho* (que depois virou filme do Ramalho e ganhou um Coral). Esta peça tratava justamente desse assunto. A relação de ternura entre dois homens. Da infância até a maturidade. Antes que alguém viesse dizer que era coisa de viado, tive que inventar uma palavra para explicar a relação entre os dois personagens masculinos. A palavra era "homoternurismo" e, para minha infelicidade, até hoje não se incorporou ao Aurélio.

Mulher é bom, é ótimo, nem se discute.

Mas que os homens preferem os homens, também não se discute. Desde a infância, menino gosta de brincar com menino. Clube do Bolinha. Menina não entra! Na adolescência, é a mesma coisa. Temos olhos para os seios e os bumbuns das meninas mas, no meu time de futebol, elas não entravam. Era rapaz de um lado e as meninas do outro.

A gente casa, ama a esposa da gente, tem filhos, mas não vê a hora de ir para o botequim tomar umas e outras com os amigos. Os amigos do peito. Já notaram que os homens não têm amigas do peito? Têm amigas com peito.

Na hora da confidência mais confidencial, na hora do aperto, do ombro amigo, é o amigo do peito (para se chorar) que está ali.

Favor não confundirem, jamais, homoternurismo com homossexualismo.

E a gente vai crescendo e vai formando o nosso time de amigos eternos, confiáveis, pau (ops!) pra toda obra.

O domingo, por exemplo, foi feito para se passar com os amigos. O jogo de futebol, os gols na televisão, a cervejinha gelada. Mas qual é a mulher que não quer ir a "um cineminha" no domingo? Devia ser proibido mulheres aos domingos, dizia um meu amigo do peito, casado.

Tudo isso que eu escrevi aí em cima, se for mesmo válido, só é válido até uma certa idade. A idade que eu estou agora. A idade do **binóculo**.

Quase 50 anos, cheio de amigos e sem nenhuma mulher. Talvez por pensar assim. Um misógino!, diriam elas. Mas o mesmo Aurélio, que não consolidou o homoternurismo, diz que misoginia é uma "repulsa mórbida do homem ao contato sexual com as mulheres". Não é o caso.

E, outro dia, discutia isso com um velho amigo velho de 84 anos. Ele concordou, em termos, do alto de sua sabedoria de ancião. Mas fez uma ressalva. Jogou na minha cara:

– Daqui para a frente, é melhor começar a convidar mulheres para ir ao jogo de futebol. É melhor ir aprendendo a tomar caipirinha com mulheres no sábado antes da feijoada. Já está na hora de parar de reparar apenas nos seios e nas bundinhas das mulheres. As mulheres têm mais alma que os homens!

– E daí? – respondeu o machão aqui.

– E daí, meu filho, que você na velhice vai ficar chato, intransigente, metódico, sistemático. Aliás, já está ficando. E não tem nenhum amigo do peito nessa hora para te socorrer. Se você chegar sozinho à velhice, não conte comigo, que eu já fui embora. Quem sempre cuidou de você foram as mulheres. A começar pela sua mãe.

– Você está querendo que eu arrume uma outra mãe?

– Não, meu filho. Uma mulher. Vai por mim, mulher é muito melhor que homem. E quanto mais velhas ficam, melhor nos entendem. Ao contrário dos homens.

E pediu mais uma caipirinha, enquanto olhava o traseiro da jovem, muito jovem, garçonete. Encerrou, com o olhar distante:

– Mulher é o que há, menino! Trate logo de arrumar uma, enquanto você está vivo... E quer saber de mais uma coisa? Esse papo de homoternurismo, pra mim, é coisa de viado!

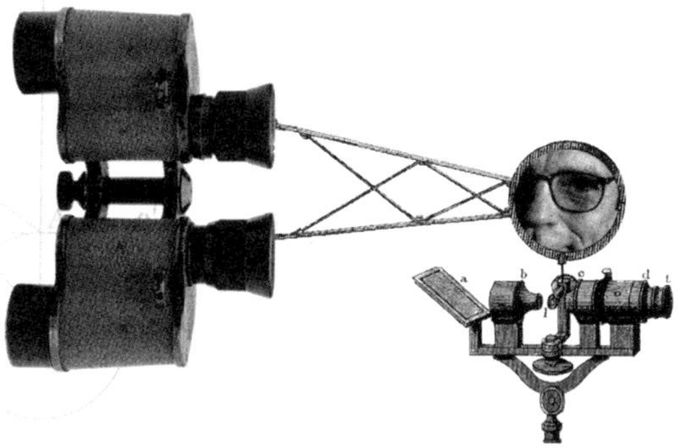

Minhas binóculo

Instrumento óptico composto de duas lunetas focalizáveis simultaneamente e dotadas de dois sistemas de prismas inversores que, além de permitirem a formação de uma imagem completa, diminuem o afastamento da objetiva e da ocular.

Ganhei muitas flores no aniversário. E um binóculo, da Angela, que vive de pesquisas históricas. Só mesmo uma historiadora para ter uma idéia dessas. Os historiadores gostam de ver tudo de perto. Principalmente fatos distantes.

As flores murcharam, à média distância. E o binóculo ali, na mesinha a me observar. Bonito, prateado. Deve ter custado caro. Claro que quem dá um binóculo para uma pessoa como eu, solteiro e rodeado de prédios e janelas tentadoras e indiscretas, tá mais a fim é de me ver procurando mulher pelada. Todo mundo sabe que a única finalidade do binóculo é o peito nu da vizinha. Foi inventado em 1645 com essa primordial finalidade. O meu filho viu a peça, pegou. Todo mundo que vê um binóculo, pega. E procura a janela. Depois me informou que luneta é melhor. Melhor, pra quê? Li o manual de instruções, em alemão. Entendi tudo, porque tinha desenhinho.

Ainda bem que era alemão, porque é impossível entender qualquer manual de instruções em português. Não é? Experimente, um dia, trocar o pneu do seu carro, lendo o manual de instruções. Experimente. Melhor não experimentar. Dá para ver até o **guarda-jóias** da vizinha da direita.

Há uma semana, comecei a usar o binóculo. Minha vida nunca mais seria a mesma. Vicia. Esse troço devia ser proibido. Hitchcock, o mago do suspense, sabia disso. O que seria daquela janela sem o binóculo?

A empregada do oitavo andar (prédio da frente), por exemplo, não era bem o avião que eu sempre imaginei. Além da falta de um canino, tem um joanete descomunal, posto em observação quando ela se senta na mureta para limpar os vidros. Os peitinhos, razoáveis. Não raspa a perna.

Já aqui no prédio da esquerda, no quinto andar, o casal vai mal. Infelizmente o meu binóculo não é sonoro, mas, pela movimentação elisiana dos braços e mãos da mulher, a coisa vai de mal a pior. O marido não fala nada. Ouve. Há cinco dias que ele ouve. Enquanto isso, no quarto de empregada, a residente lê *Caras*, com caras e bocas.

No andar de cima, aquele aposentado (sim, não sai de casa nunca) faz palavras cruzadas (nível fácil) o dia inteiro. Na piscina, a mais gostosa é mesmo a loiraça do décimo primeiro que só faz malhar. Casada – vejo daqui a aliança –, está sempre com o desempregado do quinto, também de aliança.

Venho torcendo para rolar alguma coisa, afinal, a cama dela possibilita boas imagens aqui do meu potente Tasco (é a marca dele). Acho que vai rolar. Mulher, quando ri muito das besteiras dos homens, está a um passo de perguntar o horóscopo que, como você sabe, é propor eminente e iminente sacanagem.

Mas como!? Aquela que briga com o marido está, neste momento, fazendo uma mala. Dela? Dele? Ele não está em casa. Ela joga tudo dentro. Agora dá pra ver. São roupas de homem. Meu Deus, quando ele chegar (sempre por volta das oito) a coisa vai ficar boa. É só apagar todas as luzes do meu apartamento, virar a poltrona e esticar o pescoço e as lentes. E um pouco de imaginação.

O casal gay da direita, terceiro andar, é felicíssimo. Jantam, veladamente, à luz de velas. Um exemplo para o casal que mora no andar de cima: jovem, constituído de homem e mulher. Ela tem sistema nervoso, como diria a minha empregada. Não sei se ainda há algum prato na casa dela. Outro dia um voou até pela janela, indo atingir a perna do filho do zelador, lá embaixo. Veio polícia e tudo, mas não descobriram de onde partiu o prato. Eu fiquei na minha.

Tudo ia bem na minha vida até que descobri que o adolescente do décimo primeiro, da direita, tem uma fantástica luneta, direcionada diretamente para a minha janela. Isso foi o bastante para que eu fizesse um levantamento de todas as minhas realizações aqui na sala, de um mês para cá, e ficasse meio envergonhado. E o bastante também para que fechasse todas as janelas.

E agora a situação está assim. Basta eu abrir um pouco a janela e olhar, que ele está lá, a postos, seguindo a minha vida.

Eu aqui escrevendo e o garoto lá, me olhando. Vai virar cronista, quando crescer.

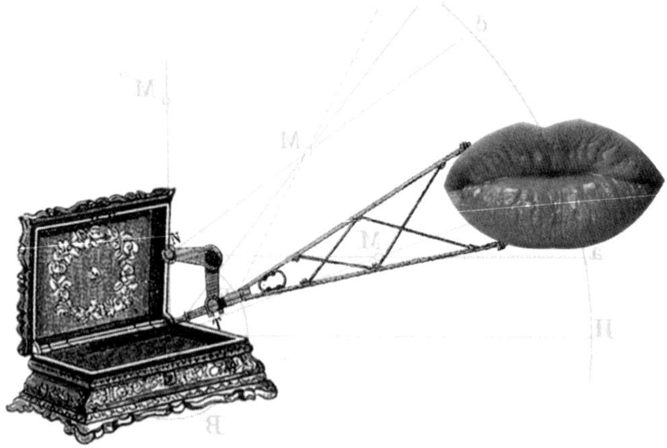

Minhas guarda-jóias

Vaso, cofre, escrínio, etc., onde se guardam jóias; porta-jóias.

Desde que eu me entendo por gente – e isso já tem uns 50 anos – que eu conheço esse negocinho, essa caixinha.

Ficava na sala dos meus bisavós, em Uberaba. Em lugar de destaque. Destaque para olhar e não "para bulir", como dizia a Tipá, uma das tias-avós. Enquanto ele ficava lá, nunca encostei nele. Mas sentia uma certa atração. Depois foi da minha avó, depois da minha mãe. Aí eu já podia pegar nele. Sentir a idade dele.

Outro dia, este ano, lá em Uberaba, pedi para a minha mãe: me dá isso?

– Leva...

Uma amiga, arquiteta e que entende de objetos antigos, me garantiu que deve ser de meados do século passado. E o preço que ela me deu, não digo aqui para evitar roubos e seqüestros.

Na casa da Mãe Cota e do Pai Tonico, ele ficava logo na entrada, numa mesinha, do lado direito. Já não guardava nenhuma jóia. Era enfeite mesmo, ou adorno, como me diziam.

Naquela casa – onde, aliás, nasci – viviam oito irmãs. Minha avó e suas sete irmãs. Duas morreram antes do meu nascimento. Mas seis delas eu conheci. E bem. Meu pai as chamava de As Papudinhas.

Eu dizia que o objeto ficava na entrada da casa, do lado direito. Sim, porque do lado esquerdo, ficava o que nós chamávamos de "Altar dos Mortos". Ali ficavam as fotos dos Cunha Campos que haviam morrido. Alguns no século passado. Outros mais recentes, primos.

Os Cunha Campos tinham dinheiro naquela época. Eram os donos da água da cidade. E eram eles que vendiam o álcool.

Portanto, aquelas jovens meninas, todas solteiras, eram cobiçadíssimas. Estamos bem no começo do século.

O que sempre me chamou a atenção nas Papudinhas foi a maneira como cada uma delas se casou. Todas se casaram. Menos uma, a Aspásia, ou Tipá. Carrancuda daquele jeito... A Tipá é aquela que deu à luz com a barriga da perna. História que eu já contei no *Minhas Mulheres e Meus Homens*. Apesar do estranho parto – dizem –, morreu virgem. Carrancuda, mas uma boa mulher. Como todas as outras, morreu caduca, lá pelos anos 70.

Mas eu falava do casamento delas.

Eponina, Aspásia, Raimunda, Abadia, Cândida, Floriscena (vulgo Fiíca, minha avó), Dídia e Rita. As duas últimas morreram logo no primeiro parto, deixando dois homens, o Antonio e o Ronaldo.

Os casamentos. A minha avó Fiíca, por exemplo. O meu avô (Mario, filho de Alberto) queria mesmo era se casar com a Aspásia. Mas o pai delas, o Pai Tonico, achou que a Aspásia estava muito jovem e que a Floriscena estava encalhando. Como o meu avô era dono de cartório e filho da tradicional família Moraes e Castro, empurrou a Fiíca.

Dizem, na família, que o meu avô bateu o pé e ficou alguns dias deitado no meio da rua para ser atropelado e morrer. Mas, como na cidade só tinha um carro, ele não foi atropelado e acabou casando com a Fiíca mesmo, tendo como conseqüência disso esse aqui que vos digita.

A Raimunda – ou Tia Munda (e ai de quem fizesse a rima!) – casou com um barão inglês.

Foi assim. Um dia o, Barão Baldwin estava a passar as férias no Araxá. Passava ele por um corredor e, ao ver a camareira arrumar um quarto com três camas e muito zelo, perguntou lá com o sotaque dele:

– Para quem são essas camas, que arrumas com tanto esmero?

– Oh, senhor, são para as Cunha Campos, de Uberaba. Moças finíssimas e prendadas.

E ele, que nunca ouvira falar naquelas meninas, disse:

– Pois diga para a que dormir na cama do meio, que eu a peço em casamento.

Assim como você, a camareira não acreditou no Barão. Mas eles se casaram e viveram felizes para sempre.

Tia Candinha era espevitada, do arco da velha, como diziam naquele tempo.

Num verão, foram todas para o Rio de Janeiro para as férias. Meu bisavô tinha uma fazenda em Copacabana, de frente para o mar. Pode? Naquele tempo podia.

As Cunha Campos chegaram à estação de trem e foram de táxi para Copacabana. E não é que a menina Candinha começou a flertar com o motorista de táxi, pelo vidrinho retrovisor, uma novidade na época? Além de chofer de táxi, o plebeu se chamava Tunico. Tunico Pires.

Tunico passou o verão a rodear a fazendinha e a mandar doces e flores. Candinha caiu de amores. Sei que está parecendo novela das seis, mas é verdade.

Diante da verânica paixão, meu bisavô teve que intervir:

– Casar com um motorista, jamais! Peça para ele prestar concurso para o Banco do Brasil.

Tio Tunico prestou, entrou (dizem que o pai Tonico mexeu uns pauzinhos), chegou a ser presidente do Banco do Brasil lá nos anos 40. Ficou rico, amigo de presidentes da República. Esqueceu o táxi, o **quebra-vento** e o retrovisor.

A tia Abadia, bem a tia Abadia dá um livro. Qualquer hora eu falo dela.

E eu fico aqui olhando para essa caixinha de 150 anos a imaginar quantas e quantas jóias já guardou, quantos e quantos sonhos já escondeu.

Minhas quebra-vento

Pequena janela móvel situada logo após o pára-brisa dianteiro de certos veículos automóveis e que dirige o vento para a direção desejada.

Lembra dele? O velho e bom quebra-vento? E já percebeu que não existe mais quebra-vento? A definição ali de cima é do Aurélio, o que vem constatar a importância do mesmo. Virou verbete. Nas próximas edições, deverão colocar "que dirigia o vento para a posição desejada".

Tudo no mundo vai acontecendo tão rapidamente que a gente vai perdendo os ganhos sem perceber. O quebra-vento, na minha opinião, é uma perda irreparável. Duvido que ele volte, um dia. Ou uma noite.

O quebra-vento era genial. Pra **tumitinhas** nenhum botar defeito.

Nesse fim de semana vim da praia para casa pensando nele. Melhor ainda, na falta dele. Cheguei a algumas conclusões definitiva e sociologicamente importantíssimas. Uma delas: o desaparecimento dele se deve

– também – à campanha antitabagista. Com o quebra-vento você podia fumar dentro do carro tranqüilamente com a ponta do cigarro para fora, através dele. Não entrava a fumaça para dentro, protegendo até caronas asmáticos. E mais, batia a cinza lá para fora. Ecologicamente correto. Fora as cuspidas.

Claro que, naquele tempo, quase nenhum carro tinha ar-condicionado. Ele – e apenas ele – era o ar-condicionado, o refrigério daqueles tempos difíceis. E como era bom você direcionar o quebra-vento no seu próprio peito. Tá certo que todos os detritos dos escapamentos alheios vinham junto. Mas era uma viagem e, numa viagem, o que importa é o prazer. Aquele vento no peito, no queixo, curava até ressaca. Sim, se você estava de porre, aquele vento te confortava até chegar em casa são e salvo. Era mesmo uma proteção antietílica.

Só que, quando chovia e você abria o QV, ficavam pingando umas gotas no joelho esquerdo. Lembra?, encharcava a calça Lee. Mas até isso era reconfortante. Em alguns carros – o fusca, por exemplo – inventaram uma espécie de canaleta para proteger dessa agüinha. Em vão. A canaletinha enchia e enchia o saco.

E quando você trancava a porta com a chave dentro? Bastava enfiar um arame por ele – sempre ele – e levantar a alavanquinha. Para os mais aflitos, ia no pontapé mesmo.

Eu acho que o QV também começou a sumir quando surgiu aquela travinha para evitar maus-olhados e alheios. Lembra? Você enfiava aquilo no meio dele e achava que estava protegido. Qualquer chave de fenda arrebentava aquilo. Mas todo mundo – como a gente era ingênuo! – tinha a travinha. Mas a travinha dava um certo trabalho porque, para abrir o QV, toda vez você tinha que abaixar o vidro todo, ali, na maçaneta, manualmente, fazendo a chuva entrar impavidamente. Depois levantar de novo com o QV devidamente direcionado.

Era o ar-condicionado da época. E tinha lá suas vantagens: o motor não ficava mais fraco, não. E a alegria maior era quando você abria os dois das duas janelas, jogando o ar para dentro. Era uma ventania danada. Aquele furacão dava um certo prazer.

Um dia, algum engenheiro (americano, com certeza) resolveu acabar com a nossa alegria. E não avisou ninguém, não chamou a imprensa. Fez a coisa sorrateiramente, provavelmente na calada da noite. Inventou o vidro inteiro tirando o ar do nosso peito varonil. E, como ninguém percebeu, não foi nem julgado e nem condenado, o assassino dos nossos ventos.

Comecei a olhar os poucos fuscas que ainda rodam por aí. Todos eles com os devidos quebra-ventos. Aqueles motoristas são felizes e não sabem. Os que usam as amarelas Brasílias também. Invejo esses caras.

O que nós todos estamos precisando é isso: um arzinho na nossa cara. Não um ar-condicionado, mas um vento incondicional para nos deixar alerta até mesmo contra os ladrões que entravam por ali, pelos quebra-ventos, e hoje entram com carros importados e toda a impunidade que os ventos de Brasília sopram em seus peitos.

Minhas tumitinhas

Coisas da Adriana.

Você também deve ter alguma palavra que aprendeu na infância, achava que tinha um certo significado e aquilo ficou impregnado na sua cabeça para sempre. Só anos depois veio a descobrir que a palavra não era bem aquela e nem significava aquilo. Um exemplo clássico é a frase

HOJE É DOMINGO, PÉ DE CACHIMBO. Na verdade, não é Pé de Cachimbo mas, sim, PEDE (do verbo pedir) cachimbo. Ou seja, pede paz, tranqüilidade, moleza, pede uma cervejinha. E a gente sempre a imaginar um pé de cachimbo no quintal, todo florido, com cachimbos pendurados, soltando fumaça. E, assim, existem várias palavras. Por exemplo:

Álibi – Quando eu era garoto, tarado por filmes de bandido e mocinho e gibis, sempre achei que ÁLIBI era o amigo do Mocinho. Claro, o Mocinho sempre tinha um Álibi e o bandido, não. O Álibi, nos filmes, geralmente, era um velhinho. Mas resolvia.

Atalibálago – Essa é do escritor Fernando Morais. Quando era garoto em Minas, viu um anúncio de um candidato a deputado: Atalibálago. Adorou o nome, chegou a comentar com o pai e nunca esqueceu a esquisitice. Só anos mais tarde, veio a descobrir que, na verdade, o deputado que um dia acabou se elegendo se chamava, na verdade, Ataliba Lago.

Garagê – Assim, com circunflexo no e. Devia ser algum bairro do Rio de Janeiro, porque sempre passavam ônibus com esse destino. Mas, na verdade, estavam indo para a garage. Esse bairro devia ser perto de outro muito concorrido, o Récolhe.

Gestante – Pra mim, durante muito tempo, gestante era uma vizinha grávida que falava gesticulando muito.

Margarida – Esta está na peça *Apareceu a Margarida*, do Roberto Athayde. A personagem (magistralmente interpretada por Marília Pera e dirigida por Aderbal Freire-Filho) achava que o hino nacional tinha sido feito para sacanear ela: "Do que a terra... Margarida..."

Nabucodonosor – Eu sempre achei que o babilônico Nabuco fosse de um país chamado Nosor. Era Nabuco do Nosor. Achava que devia ser na

África, perto do Quênia, por ali. Hoje já sei que Nabuco é um bar na Villaboim.

Seu Penhor – O poeta Sergio Antunes me confessou outro dia que ele achava que o Seu Penhor (desta igualdade) fosse o ranzinza antigazeteiro do nosso grupo escolar, em Lins.

Sulfechando – Meu primo Hugo Prata um dia perguntou ao pai dele o que significava o verbo Sulfechar. O pai alegou que esse verbo não existia e teve que provar, com dicionário e tudo. Como o garoto insistia em conjugar o verbo, o pai lhe perguntou onde ele tinha ouvido tal disparate. E ele disse e cantarolou aquela música do Tom Jobim: "são as águas de mar sulfechando o verão"...

Tumitinhas – Todo mundo conhece a música Ciranda-Cirandinha. Uma amiga minha me confessou que, durante anos e anos, entendia um verso completamente diferente. Quando a letra fala "o amor que tu me tinha era pouco e se acabou", ela achava que era "o amor de Tumitinhas era pouco e se acabou". Tumitinhas era um menino, coitado. Ficava com dó do Tumitinhas toda vez que cantava a música, porque o amor dele tinha se acabado. E mais, achava que o Tumitinhas era um japonesinho. Devia se chamar, na verdade, Tumita. Quando ela descobriu que o Tumitinhas não existia, sofreu muito. Faz análise até hoje.

Ventre Jesus – Aprendi a rezar a Ave-Maria ainda analfabeto, com três ou quatro anos. E sempre achei que Ventre Jesus era o nome do Homem, quando dizia "do vosso Ventre Jesus". Aliás, achava um belo nome para Deus.

Virundum – O Henfil só depois de grandinho foi que descobriu que o Hino Nacional não se chamava Virundum.

Minhas gestante

Mulher no período de gestação.

Sábado, supermercado supercheio. Entro para comprar três latinhas de cerveja. Dab, alemã, sem álcool.

Vou para a "fila de até dez", que está emperrada porque a mocinha está fechando uma temporada e, para passar para a outra mocinha, tem de dar baixa não sei em quê. Olho as filas normais. Imensas. Gente com dois carrinhos. Alfaces convivendo com milhares de papéis higiênicos. Lá no fundo, uma fila. Só um velhinho.

E a placa, em cima: gestantes, idosos, deficientes físicos. Dou uma piscada para a mocinha, a mocinha faz um beiço de tudo bem e eu fico ali. Só que chega uma idosa. E gorda e mal-humorada. No que eu me viro para dar o lugar a ela, ela ataca:

– Está grávida, é?

Evidentemente que ela estava a falar comigo e eu não estava grávido. Não tinha nenhum sintoma, até então. Mas a idosa era agressiva e eu resolvi não ceder o lugar para ela. E senti uma certa solidariedade do velhinho que lutava para enxergar o dinheiro dentro da carteira. Fiquei na minha. Mas a idosa estava a fim de briga:

– Idoso, meu senhor?

Eu, ainda calmo:

– Não, senhora. Envelhescente.

Ela ficou pensando na palavra, mas acho que não captou o neologismo. Resolvi olhar as compras dela. Bananas. Milhares, milhões de bananas. E nada mais. E a revista *Capricho*.

E ela caprichou na terceira estocada:

– Por acaso o senhor é deficiente físico?

E olhou para as minhas pernas que estavam onde sempre estiveram, firmes. Fiz cara de triste:

– Sou. Infelizmente sou deficiente físico.

Ela se abalou:

– Desculpa, eu não havia percebido. É que sempre tem uns malandros, sabe? Uns espertinhos.

Eu fiquei quieto. Ela me cedeu a vez. Coloquei as cervejas em cima da mesa. Mas ela era curiosa:

– De nascença?

– É, sim senhora. Os dentes. Está vendo os meus dentes? São pra frente. Isso é uma deficiência física, não é?

Ela quase chamou o gerente:

– Engraçadinho...

E eu:

– E tem mais: meu fígado é deficiente físico. Está despedaçado. Meu pulmão, não é de hoje. Completamente deficiente. E, se a senhora quiser, tenho uma unha encravada fisicamente deficiente.

– Não estou achando a menor graça!.

– E a vista? Está escrito na minha carteira de motorista: deficiente visual! Escuto pouco, minha senhora. Tenho essa deficiência também: auditiva.

– Você é um idiota. Vou falar com o gerente.

E partiu. Paguei a minha conta, estava saindo quando ela chega com o gerente. Ela já havia infernizado o rapazinho, que veio por educação, mesmo. O gerente:

– Por favor, o que está acontecendo?

Eu:

– É essa senhora, seu gerente. Além de idosa, deficiente física!

– Eu? Deficiente física?

– Claro, ou a senhora estava na fila porque é gestante? Que eu saiba, ninguém engravida com bananas. Ainda mais verdes e duras como essas!

Fomos todos para a delegacia. A mulher era delegada aposentada. Desacato à autoridade. Documentos. A mulher era mais jovem do que eu, já na **envelhescência**. Tava era acabada mesmo! Porque, gestante, não era. Nem idosa.

Devia ser, como eu, deficiente física. E mental.

E o gerente aproveitou:

– Tem só um detalhe, minha senhora. A senhora não pagou as bananas.

Te poupo do que ela disse para o rapazinho fazer com as bananas duras e verdes.

Minhas envelhescência

Idade entre a maturidade e a velhice.

Se você tem entre 50 e 75 anos, preste bastante atenção no que se segue. Se você for mais novo, preste também, porque, um dia, vai chegar lá. E, se já passou, confira.

Sempre me disseram que a vida do homem se dividia em quatro partes: infância, adolescência, maturidade e velhice. Quase correto. Esqueceram de nos dizer que entre a maturidade e a velhice (entre os 50 e os 75), existe a ENVELHESCÊNCIA.

A envelhescência nada mais é que uma preparação para entrar na velhice, assim como a adolescência é uma preparação para a maturidade.

Engana-se quem acha que o homem maduro fica velho de repente, assim da noite para o dia. Não. Antes, a envelhescência. E, se você está em plena envelhescência, já notou como ela é parecida com a adolescência? Coloque os óculos e veja como este nosso estágio é maravilhoso:

– Já notou que andam nascendo algumas espinhas em você? Notadamente na bunda?

– Assim como os adolescentes, os envelhescentes também gostam de meninas de 20 anos.

– Os adolescentes mudam a voz. Nós, envelhescentes, também. Mudamos o nosso ritmo de falar, o nosso timbre. Os adolescentes querem falar mais rápido; os envelhescentes querem falar mais lentamente.

– Os adolescentes vivem a sonhar com o futuro; os envelhescentes vivem a falar do passado. Bons tempos...

– Os adolescentes não têm idéia do que vai acontecer com eles daqui a 20 anos. Os envelhescentes até evitam pensar nisso.

– Ninguém entende os adolescentes... Ninguém entende os envelhescentes... Ambos são irritadiços, se enervam com pouco. Acham que já sabem de tudo e não querem palpites nas suas vidas.

– Às vezes, um adolescente tem um **filho**: é uma coisa precoce. Às vezes, um envelhescente tem um filho: é uma coisa pós-coce.

– Os adolescentes não entendem os adultos e acham que ninguém os entende. Nós, envelhescentes, também não entendemos eles. "Ninguém me entende" é uma frase típica de envelhescente.

– Quase todos os adolescentes acabam sentados na poltrona do dentista e no divã do analista. Os envelhescentes, também, a contragosto, idem.

– O adolescente adora usar uns tênis e uns cabelos. O envelhescente também. Sem falar nos brincos.

– Ambos adoram deitar e acordar tarde.

– O adolescente ama assistir a um show de um artista envelhescente (Caetano, Chico, Mick Jagger). O envelhescente ama assistir a um show de um artista adolescente (Rita Lee).

– O adolescente faz de tudo para aprender a fumar. O envelhescente pagaria qualquer preço para deixar o vício.

– Ambos bebem escondido.

– Os adolescentes fumam maconha escondido dos pais. Os envelhescentes fumam maconha escondido dos filhos.

– O adolescente esnoba que dá três por dia. O envelhescente, quando dá uma a cada três dias, está mentindo.

– A adolescência vai dos 10 aos 20 anos; a envelhescência vai dos 50 aos 75. Depois, sim, virá a velhice, que nada mais é que a maturidade do envelhescente.

Daqui a alguns anos, quando insistirmos em não sair da envelhescência para entrar na velhice, vão dizer:

– É um eterno envelhescente!

Que bom.

Minhas filho

Expressão de carinho.

– Aproveita agora, porque depois que o seu filho nascer, você nunca mais vai ter sossego na vida. Você nunca mais vai dormir.

– Aproveita agora, que ele ainda não tem cólicas noturnas e ainda mama nas horas certas, porque depois a sua vida se transformará num verdadeiro inferno noturno.

– Aproveita agora, que os dentinhos dele não começaram a nascer e, quando isso acontecer, não vai ter Nenedent que acalme nem ele, nem você.

– Aproveita agora, enquanto ele não engatinha, porque quando começar a arrasar a casa e a derrubar cadeiras e bibelôs e lustres e a comer jornal, só vai dar dor de cabeça.

– Aproveita agora, antes que ele comece a andar. Aí acaba o sossego. É o perigo de ele bater a cabeça nas quinas das mesas, cair e meter a boca no chão, puxar panela no fogão. É um transtorno, filho andando. Ele correndo pela casa e você atrás.

– Aproveita agora, enquanto ele ainda não está na fase do "Por quê?", porque depois você não vai conseguir ler nem jornal nem livro e nem ver televisão. E vai ter que explicar sempre o inexplicável.

– Aproveita agora, que ele ainda não sabe ler e pedir o que quiser no restaurante. Depois, a única vantagem é você não precisar ficar traduzindo os filmes para ele.

– Aproveita agora, enquanto você programa as férias dele e ele ainda não ouviu falar na Disneyworld, porque você vai ter que pegar filas de duas horas e enfrentar montanhas-russas no escuro.

– Aproveita agora enquanto ele não fica horas no **chuveiro** fazendo sabe-se lá aquilo.

– Aproveita agora, que ele ainda não é tarado por música, porque quando ele resolver ouvir "música" na sua casa – com ou sem os amigos –, até os vizinhos mais simpáticos irão reclamar. E não pense que ele vai tocar aquelas músicas do seu tempo, não.

– Aproveita agora, que ele ainda não entrou na adolescência. Pois, quando entrar, você nunca mais vai ter sossego, nunca mais vai dormir.

Não se esqueça da íntima relação entre a palavra adolescência e adoecer. Não ele, mas sim, você.

– Aproveita agora, que ele ainda não está nem fumando maconha e nem acabando com o seu uísque e com aquela cervejinha que você tinha certeza de que estava na geladeira te esperando do trabalho.

– Aproveite agora, que ele ainda não está andando em más companhias, porque você vai ter que aturar figuras saídas sabe-se lá de onde, com cabelos, brincos e tatuagens com que você jamais poderia imaginar um dia conviver.

– Aproveita agora, que ele ainda não tomou nenhuma bomba e você ainda acha que ele é tudo que você sonhou, porque quando ele repetir de ano você fará – para você mesmo – a eterna pergunta: meu Deus, onde foi que eu errei?

– Aproveita agora, que ele ainda não decidiu que faculdade cursar, porque a escolha dele não vai nunca coincidir com os planos que você fazia para ele, quando ele ainda engatinhava.

– Aproveita agora, que ele ainda não entrou na faculdade, porque quando entrar, vai pedir um carro para ele ou usar o seu.

– Aproveita agora, que ele ainda avisa quando vai dormir fora de casa, e você pode dormir sossegado e não pensar em ligações desagradáveis para a polícia, o hospital e, o pior de tudo, para o IML.

– Aproveita agora, que ele ainda não se casou, porque depois ele nunca mais vai te visitar, a não ser para pedir dinheiro emprestado.

– Aproveita agora, enquanto ele ainda não tem filhos, porque quando tiver é você quem vai tomar conta deles nos fins de semana. Seu sossego chegará ao fim, logo agora que você se aposentou.

– Aproveita agora, que ele ainda não se separou da primeira esposa, pois quando isso acontecer ele virá morar novamente na sua casa.

– Aproveita agora, que ele ainda te ajuda com um dinheirinho, porque a sua aposentadoria não dá para nada, pois a segunda mulher dele vai ser contra a ajuda.

– Aproveita agora, porque ele está pensando em te colocar num asilo de velhinhos.

Minhas chuveiro

Crivo por onde, nos banheiros, cai a água canalizada.

Já estão clonando gente. As vacas ficaram loucas, já mando mail com imagem e som. Tudo evolui no mundo. Menos o chuveiro. Não o chuveiro em si, mas a regulagem da temperatura. Não existirá ninguém no mundo preocupado com isso?

Na nossa casa, tudo bem. A gente conhece bem a torneira da direita e a da esquerda e, quase automaticamente, consegue que a temperatura da água fique como a gente quer.

Mas é ir tomar banho noutra casa que a coisa complica. Esquenta ou esfria. Nos hotéis, por exemplo, o problema é internacional e cada vez pior. Pode ter zero ou cinco estrelas. É sempre uma luta.

Primeiro, que não se coloca mais aquela bolinha vermelha ou azul para você começar as negociações. Vermelho é quente, azul é fria. Então você tem que ligar uma delas e ficar esperando que esquente. E o problema é que a gente nunca sabe quanto tempo demora para esquentar. Mas, digamos que não esquente. Você fecha aquela torneira e abre a outra. E fica esperando. Mais ou menos o tempo da primeira, e nada. Chega-se à conclusão que a quente é a outra. A essa altura os dois braços já estão molhados. De água fria, é claro.

Vai de sete a nove minutos para você descobrir qual é a quente, depois de umas quatro tentativas. Agora começa o problema maior. Regular as duas. Tá pelando, você abre a fria (a da direita, não vá se esquecer). Aí fica tudo muito frio. Você diminui uma, aumenta um pouco a outra, chega no ponto, já com as duas pernas molhadas, de água fervendo. Aí você entra. Começa o banho. Mas será apenas um pequeno **intervalo** na agonia.

De repente, a coisa começa a esquentar, esquentar e você tem que sair dali debaixo. Está pelando (do verbo pelar, tirar a pele). Olha para as duas torneiras. Qual mesmo que é a fria? Nunca mais acerta. O melhor é desligar as duas até o fim e começar toda a operação. Consegue, de novo, depois de muita luta, o corpo todo já molhado mas fora do jato. Aí vem uma onda fria (da Argentina?) e gela tudo. Qual é mesmo a quente?

Depois de 20 minutos onde – aparentemente – a água está no seu ponto, você nota que o jato está vindo muito grosso, levanta o braço para rosquear lá em cima, para a coisa ficar mais aberta. Aí abre demais, passando ao largo da sua cabeça pegando, no máximo, a ponta dos dedos, se os braços abertos estiverem. Aí, já com as duas mãos, você torce a coisa para o outro lado. É quando pára tudo e começa a sair tudo pelo chuveirinho que fica serpentando pelo boxe, feito uma cobra. E, inexplicavelmente, a água volta a ferver. Neste momento, geralmente, você está com a cabeça toda ensaboada.

A única vantagem de tomar banho em hotel é que ninguém está vendo a sua inglória luta. Sim, porque chuveiro de hotel humilha qualquer um. A impressão que eu tenho é que quando você consegue regular a coisa, um cidadão resolve tomar banho num outro apartamento e, dependendo da quente ou da fria que ele use, desregula o hotel inteiro. Então temos que considerar isso também. Vou deixar de uma maneira tal que se aquele gringo do 1.086 for tomar banho só frio lá em cima, vou perder só dois graus aqui embaixo.

Dentro de pouco tempo você está fazendo contas mirabolantes, considerando os 800 quartos do hotel. Todos, claro, tentando regular o deles e, conseqüentemente, desregulando a sua vida.

São bobagens como esta que a gente fica pensando quando faz 55 anos e se pergunta: preciso esquentar ou esfriar a minha vida? Mas como fazer isso, sem depender das outras pessoas? Se todo mundo está regulando em cima de você e você nem sabe mais se o bom é pela esquerda ou pela direita?

Ou seja, estamos todos nas mãos dos encanadores. Estamos sempre entrando pelo cano.

É uma fria ou não é?

Minhas intervalo

Espaço de tempo entre dois fatos, duas épocas.

Depois de uma certa idade, começamos a perceber que, entre uma ação e outra, precisamos de um intervalo maior. Mais ou menos como se fosse um jogo de futebol entre velhinhos. Seriam dois tempos de 15 minutos, com um intervalo de 45. O intervalo é fundamental na nossa vida. E em todos os momentos.

No sexo, por exemplo. Essa garotada (e já fomos assim) pratica três, quatro ações quase que sem intervalo. Com o tempo, eles vão percebendo que as ações vão diminuindo e os intervalos aumentando. Até um dia, coitados de nós, que vamos ficar só no intervalo. Mas ainda não é o caso.

Comecei a pensar nisso outro dia ao ouvir de um escritor mais ou menos da minha idade (não foi o Fernando, Marina) a teoria do intervalo. Antes, porém, tenho que avisar que ele fez tais considerações diante da possibilidade de sucumbir aos galanteios de uma garota bem mais jovem. E muito mais curta, cerebralmente. Quase beirava a debilidade mental, dentro daquele corpo escultural. Mas ele foi categórico.

– Tou fora. Numa hora dessas eu penso é no intervalo. Já pensou?, o intervalo vai ser longo. E sabe-se lá o que essa menina vai falar ou querer nesse momento de meditação e relaxamento. Uma mulher dessas é para ações sem intervalos. Mas aí vão nos chamar de galinha. As mulheres querem a ação e o intervalo. E eu não consigo mais ter intervalos curtos. Entendeu? Tou fora.

E em tudo na minha vida o intervalo vai ficando maior.

O intervalo entre uma garfada e outra. É maior. Entre um gole e outro. Entre ir ver uma peça de teatro e voltar para outra. O intervalo entre uma respirada e outra é maior.

O intervalo entre uma paixão e outra, meu Deus. A gente quer esticar ao máximo a ação, a paixão, pois sabe que vai cair num abismo demorado. Até voltar à tona, pode ser fatal.

Viam-se os filhos todos os dias, todas as horas. Agora o intervalo é cada vez maior. E me parece que vai continuar a crescer. Antes ligavam e diziam:

Vamos nos ver hoje? Agora, essa semana. E é normal. Quando meu pai me liga reclamando da saudade, digo: mês que vem, eu vou aí.

Em tudo, para quem já passou dos 50, o intervalo entre duas ações é cada vez maior. Menos na nossa vida digital. O computador, eu quero dizer.

Não nos dão trégua. Quando você consegue um Pentium I, não se usa mais nem o Pentium III. Apesar de eu ter um amigo que ainda está no 486 e nega-se a sair do intervalo. Cansa, diz ele. Quando você aprende uma artimanha nova, ela já está velha. E sempre tem um babaquinha de um amigo a comentar: nossa, você ainda não tem uma quickweb? Você ainda manda e-mail por escrito?

Pronto, você tem que deixar o intervalo digital de lado e partir para novas ações.

Só o tempo é implacável com o nosso ócio. Por exemplo: você já notou que 1980 foi há 21 anos? Doido isso, né? E Woodstock já vai para 40 e tem neguinho que se refere a ele como se tivesse acontecido no ano passado.

Ali mesmo, na esquina.

A vida é um **livro**.

Minhas livro

Reunião de folhas ou cadernos, cosidos ou por qualquer outra forma presos por um dos lados, e enfeixados ou montados em capa flexível ou rígida.

Este livro teve a sua composição iniciada no primeiro dia do mês de julho de mil novecentos e sessenta e três e acabou de imprimir-se em São

Paulo, nas oficinas da Impres Cia Brasileira de Impressão e Propaganda, aos vinte dias do mês de fevereiro de mil novecentos e sessenta e quatro. O papel foi especialmente fabricado pela Indústria de Papel Leon Feffer, de São Paulo.

É o que está escrito na última página do meu manuseado e nunca lido *Obras Completas de Dostoievski*, Volume Quatro. O livro tem, portanto, 37 anos. E, desde que eu me lembre, me acompanha. Outro dia, vendo o danado lá na minha mesa, a minha irmã Ruth me garantiu que foi presente dela nos meus 18 anos, completados no dia 11 de fevereiro de 64. Não me lembro. Pode ser. A Ruth não costuma mentir.

Um dos romances do volume é *Os Irmãos Karamasov* que eu venho ameaçando ler há 37 anos. E, para tanto e tantas páginas, venho carregando o livro para cima e para baixo. É um livro viajadíssimo, posso garantir. Que eu me lembre, já esteve comigo na Alemanha em 78. Em Cuba, em 89. Ficou dois anos comigo em Lisboa e Cascais. Já assistiu a duas Copas do Mundo (São Francisco e Paris) e algumas copas América. Para Montevidéu, pelo menos cinco vezes. E já esteve na África duas vezes. Em 90 e 91. E eu ainda não sei qual era o bode dos irmãos russos.

O livro ainda se mantém em pé, como convém aos bons livros. Capa dura. Por falar em capa, o dourado do título está muito mais para bronze. E o couro está muito puído. Aquela tirinha para marcar as páginas, azul, está com a ponta que dá dó. Desfolhada, literalmente.

O tal do papel especial com que foi confeccionado é fininho, quase uma sedinha. E talvez por isso mesmo, pela qualidade sedal, as duas primeiras páginas foram fumadas ao longo desses anos. Em toda página onde havia algum espaço maiorzinho, percebe-se que uma tesoura andou por ali, retirando nacos retangulares. Não li, mas fumei Dostoievski. Se você me perguntar quando é que ele foi fumado, eu diria que entre 82 e 86.

A última página tem uns números de telefones anotados. Tem uma tal de Dora, cujo número era (20 anos atrás) 22.8931. Duvido que, se eu ligar lá hoje, atenda alguma Dora. Mesmo porque não me lembro nunca de estar junto – ao mesmo tempo – com uma Dora e o Dosta. Sim, há muito tempo chamo esse meu parceiro de Dosta. Qualquer viagem um pouco mais longa e lá vai o Dosta comigo.

Numa página branca entre "O Adolescente" e "Os Irmãos", com a minha **letra**, está escrito: "o insólito deve ser combatido no momento exato de sua manifestação". Jamais saberemos se esta frase é minha, de alguém, ou mesmo do Dosta. Acho difícil que algum dia o nosso querido Fiódor tenha escrito algo tão insólito. E meio capenga. Deve ser minha a frase.

Na página 778 encontro uma multa de trânsito. Fui pego pela polícia, vejo aqui, na Dutra, a 120 quilômetros por hora, num fusca. Isso foi em 1974. Pelo jeito, não paguei a dita. Mas me lembro bem deste fusquinha, branco. Comprei com os direitos autorais da minha primeira peça, *O Cordão Umbilical*.

Voltemos ao Dosta. Sei que um dia ainda vou ler *Os Irmãos Karamasov*. É uma daquelas coisas que a gente vai deixando de lado, vai deixando. Por exemplo, um filme que eu nunca vi: *E o Vento Levou...* Outro dia saí de casa decidido a resolver a lacuna. Comprei em DVD. Cheguei até a tirar da caixinha. Mas achei que não era o momento, ainda. Esse negócio de clássico tem que ter uma certa cerimônia. Há de se fazer uma preparação antes. Não pode ir vendo assim de supetão. Há de se criar um clima, um ambiente. No caso do filme, requer uma companhia. Feminina, se possível. Acho meio viado sentar-se com um homem para assistir – os dois sozinhos, ali – *E o Vento Levou...* Com homem a gente assiste bang-bang. E olha lá.

E, para encerrar, um papelzinho que está dentro dele. Quase não dá para ler mais, com a data de maio de 1969. Foi neste papelzinho que o crítico de literatura Leo Gilson Ribeiro escreveu o primeiro prefácio para um livro meu: *O Morto que Morreu de Rir*, mimeografado e vendido de bar em bar em 69.

Está escrito ali, com a letra dele: "Mario Alberto Prata cria personagens com a facilidade de um escritor experimentado."

Me lembro que guardei esse papelzinho dentro do Dosta para ver se um dia eu pegava a experiência do mestre russo. Negócio de osmose, sabe? O papelzinho está ali há 31 anos. E durante esse tempo todo ainda não consegui a tal da osmose. Quem sabe, se um dia eu ler esse romance, eu não consiga, finalmente, ser um escritor experimentado?

Quem sabe, eu chegue lá... Quem sabe alguém, daqui a 200 anos, vai me ler.

Ou, pelo menos andar comigo debaixo do braço, me fumando de vez em quando?

Já é um consolo. Ou, se preferir, um barato!

Quem sabe...

– Já leu Mario Prata?

– Ler, não. Conheço de ouvido. Fumei a orelha dele!

BIBLIOTECA MÁRIO PRATA

Este livro foi impresso na
LIS GRÁFICA E EDITORA LTDA.
Rua Felício Antonio Alves, 370 – Jd. Triunfo – Bonsucesso
CEP 07175-450 – Guarulhos – SP – Fone. (0xx11) 6436-1000
Fax.: (0xx11) 6436-1538 – E-Mail: lisgraf@uninet.com.br